ザ・ビーチ
ハイパーク
トロント
ブルーア・ストリート
死の畑
ハイパーク
ロンセスヴェイルズ
アヴェニュー
リードなし
OKエリア
群れのすみか
ディア池
橋
ハイパーク

十五匹の犬

アンドレ・アレクシス

訳＝金原瑞人／田中亜希子

はじめて出逢う
世界のおはなし

リンダ・ワトソンに

por que' es de di'a, por que' vendra' la noche...

_Pablo Neruda, '*Oda al perro*'

なぜ昼がある。なぜ夜がこなくてはならない……

パブロ・ネルーダ『犬に捧げる歌』より

装画・地図　中村幸子
装幀　塙浩孝

十五匹の犬

Fifteen Dogs

登場する犬たち

アガサ……………年老いたラブラドゥードル。メス。

アイナ……………茶色のティーカップ・プードル。メス。

アッテカス………灰色のナポリタン・マスティフ。くしゃっとした顔にあごの垂れ肉。オス。

ドギー……………シュナウザー。ベンジーと仲がいい。オス。

フラック…………若いラブラドール・レトリバー。フリックの双子の兄弟。オス。

フリック…………若いラブラドール・レトリバー。フラックの双子の兄弟。オス。

プリンス…………雑種。詩を作る。「ラッセル」「エルヴィス」と呼ばれたことも。オス。

ベル………………グレート・デーン。アイナとは群れでいちばん仲がいい。メス。

ベンジー…………ビーグル。要領がよくて相手を丸めこむのが得意。オス。

ボビー……………不運なノヴァ・スコシア・ダック・トーリング・レトリバー。メス。

マジヌーン………黒いプードル。一時期、「ロード・ジム」「ジム」と呼ばれた。オス。

マックス…………雑種。詩をひどく嫌う。オス。

リデア……………ウィペットとワイマラナーのミックス。苦しんで神経質に。メス。

ロージー…………ジャーマン・シェパード。アッテカスと親密に。メス。

ロナルジーノ……雑種。人間に見下されるのが我慢ならない。オス。

1　賭け

ある夜、トロントのレストランバー〈ウィートト・シーフ・タヴァーン〉に、アポロンとヘルメスの姿があった。アポロンは、のばしっぱなしの髭《ひげ》が鎖骨まで届いている。アポロンよりきれい好きのヘルメスは髭を剃《そ》りあげ、服は完璧にまわりに合わせて黒のジーンズに黒の革ジャン、青のシャツだ。

ふたりは飲んでいたが、酔ったのはアルコールにではない。ふたりを見る人間たちの神を崇《あが》める態度にだった。店はさながら寺院になったかのようで、ふたりは気分がいい。男性用トイレでアポロンは、スーツ姿の年配の男に体のあちこちをさわらせてやった。男は何より強烈な生涯最高の喜びを知り、寿命が八年縮まった。

店でふたりはそのうち、人間の性質についてとりとめのない会話を始めた。たわむれに古代ギリシア語を使って、アポロンが口火を切った。一般に、人間は他のどんな生き物とくらべても、優《まさ》っているところもなければ劣っているところもない。たとえばノミにも、ゾウにも、優っても劣ってもいない——特別な長所などないにもかかわらず、自分たちは優れていると思っているが。ヘルメスの見方は反対だった。ひとつには人間は文字を作って使っている、あれは、たとえばミツバチの8の字ダンスより興味深い、というのだ。

——人間の言葉は、あいまいすぎる、とアポロン。

——かもな、とヘルメス。だが、そのおかげで人間は面白い。ここにいる連中の話を少し聞いてみるがいい。すぐに気づくはずだ。自分の話した言葉が相手に本当に通じているか、まったくわかっていないのに、お互いに理解してしまう。これほど面白いものはめったにない。

——人間が面白くないとは、いっていない。だが、カエルも、ハエも、面白い。

——人間とハエをくらべはじめたら、話はどこにも行き着かないぞ。わかっているくせに。

アポロンが完璧な神様訛《なま》り、つまり、店にいる男女問わずすべての常連客には、それぞれの自分の訛りに聞こえる英語で、いった。

——われわれの酒代はだれが払う?

——ぼくが、と貧しい学生がいった。お願いです、払わせてください。

アポロンはこの若者の肩に手を置いた。

——兄弟いっしょに、ごちそうになろう。ふたりでスリーマンを五本ずつ飲んだ。よろしく。きみはこれから十年間、飢えも不足も知ることはないだろう。

若者はひざまずいてアポロンの手にキスをした。アポロンたちが去ったあと、若者のポケットのなかから何百ドルもの紙幣が見つかった。それどころか、その晩のズボンをはいていると、いつでもポケットには金が使い切れないほど入っていた。だが、十年が過ぎる直前、コーデュロイのズボンは修復不能なほどぼろぼろになって、終わった。

店を出たふたりは、キング・ストリートを西に向かった。

――どうなると思う？　とヘルメス。動物が人間の知性を持ったとしたら。

――人間と同じくらい不幸になるんじゃないか、とアポロン。

――人間には不幸な者もいれば、そうではない者もいる。人間の知性は、扱いの難しい、天から授かった能力だ。

――賭《か》けをしようか。負けたほうは一年間、勝ったほうのいうことをなんでもきく、とアポロンがいいだした。動物が人間の知性を持ったとしたら、人間よりずっと不幸になるほうに賭ける。ああ、どの動物にするかはおまえに任せる。

――地上での一年だな？　よし、のった、とヘルメス。ただし、選んだ動物のうち一匹でも死ぬときに幸せだったら、わたしの勝ちだ。

――それでは、運次第ではないか、とアポロン。最高の生涯が最悪の終わりを迎えることもあるし、最悪の生涯が最高の終わりを迎えることもある。

——たしかにそうだが、よかったか悪かったかなんて死ぬときでなければわからない。

——生き物と生涯と、いったいどっちの話をしている？　まあ、いい。幸せな生き物でも幸せな生涯でも、好きにしろ。人間の知性は天からの授かり物ではない。ときには、ありがた迷惑な物だ。さて、どの動物にする？

このとき、ふたりはショー・ストリートの動物病院の近くに来ていた。姿も気配も消してなかに入ってみると、そこにいたのはたくさんの犬だった。他の動物はわずかで、いずれにしても、さまざまな理由で飼い主に預けられたペットだった。というわけで、犬、と決まった。

——記憶は残しておこうか、とアポロン。

——ああ、そうしてくれ、とヘルメス。

光の神アポロンは「人間の知性」をその病院の奥の犬舎にいた十五匹の犬に授けた。

真夜中ごろ、自分の性器をなめていたジャーマン・シェパードのメスのロージーは、ぴたりと動きを止めて考えた。あとどのくらい、ここにいることになるんだろう（いつのまにかこんなところにいるけれど）。そして思った。最後に産んだ子たちはどうなった？　せっかく苦労して子犬を産んでも、その後がわからなくなっておしまいだなんて。突然、ロージーはそれがひどく理不尽に感じられた。

立ちあがって水をひと口飲むと、硬くてカリカリしたドッグフードのにおいをかいだ。食べるようにと置かれていたものだ。浅いボウルのなかに鼻先をつっこんで、戸惑った。いつもは黒っぽいボウルが、黒というより、見慣れない色になっている。なんてきれいなんだろう。じつは、ボウルはただのバブルガムピンクの色をしているにすぎなかったが、そんな色を見たこともなかったロージーには、とても美しかった。それから生涯、ロージーにとってバブルガムピンクを超える色は現れなかった。

ロージーの隣のケージでは、ナポリタン・マスティフのオスのアッテカスが、広い野原の夢を見ていた。うれしいことに、そこはふわふわの小さな動物でいっぱいだ。ネズミ、猫、ウサギ、リスが、何千匹も草の上を移動している。その様は、まるでドレスのすそが遠ざかっていくよう。もうすぐ小さな動物たちに追いつきそうだ。それはアッテカスのお気に入りの夢、おなじみの楽しみだった。いつも最後はこんなふうに終わる。逃げようともがく獲物をくわえて大好きな主人にいそいそと運んでいく。主人は獲物を受け取ると、岩に叩きつけて殺す。そのあとアッテカスの背中をさーっとひとなでして、名前を呼んでくれる。いつも。そう、いつもだ。そんなふうに夢は終わる。ところが今夜は違った。今夜、アッテカスは一匹の獲物の首に噛《か》みついた瞬間に思った。きっと痛いだろう、と。これまで一度も浮かんだことのない強烈な考えに、アッテカスははっと目が覚めた。

犬舎じゅうの犬が眠りから覚めた。奇妙な夢に驚いたか、よくわからない周囲の変化に突然気づいたからだ。眠っていなかった犬は（家を離れると、往々にして眠れないものだ）立ちあがり、だれが来るのか見ようとケージの扉まで行った。こういった奇妙な静けさに気づいた人間のように。最初はオスもメスも、新たに発見した光景は自分にしか見えていないと思った。だが、次第にはっきりしてきた。全員、この奇妙な世界にいるのだ。

黒いプードルのオス、マジヌーンが低く吠えた。じっとたたずむ姿は、向かいのケージにいるロージーを凝視しているように見えるが、じつはロージーのケージの錠について考えをめぐらせていた。棒のまんなかに細長い輪がついているかんぬき錠。扉についているふたつのかんぬき通しに棒が通してあって、輪を下に倒しておけば棒が動かず、扉が開かなくなる。単純で見事、効果的だ。そして扉を開けるときは、輪をあげて棒を押すだけでいい。マジヌーンは後ろ足で立ちあがると、片方の前足をケージから出して、試してみた。何度も失敗した。思ったよりたいへんだ。それでもやがて錠ははずれ、マジヌーンは扉を押しあけた。

ほとんどの犬は、マジヌーンがケージの扉をどうやって開けたのかわかったが、みんながみんな同じことをできたわけではなかった。これにはさまざまな理由があった。去勢手術のためにひと晩、入院していた一歳になるラブラドールの双子、フリックとフラックは、扉を開けるにはまだ年も我慢も足りなかった。チョコレート色のティーカップ・プードルのアイナ、シュナウザーのドギー、ビーグルのベンジーといった小型犬は、体が小さいせいでかんぬき錠に届かないとわかると、だれかが扉を開けてくれるまでクンクン鳴いて、いら立ちを訴えた。年老いた犬、特にラブラドゥードルのアガサは、疲れるやら混乱するやらで、しっかりものを考えられず、扉を開けてもらっても、自由を選んでいいものか躊躇《ちゅうちょ》した。

もちろん、だれもがすでに共通の言葉を持っていた。余分なものをそぎおとした言葉、犬同士の格付けや身体的欲求に特化した犬語だ。どの犬も、きわめて重要な言葉や考えは理解できた。「ゆるして」「かみつくぞ」「おねがい」など。だが当然ながら、人間の知性を強制的に与えられた犬たちは、お互いに対する話し方も、自分のなかでの考え方も変わった。たとえば、以前は「扉」を表す言葉はなかったが、今はこう理解されるようになった。「扉」は、自由とは別のもので、犬と無関係に存在する、と。不思議なことに、ここの犬の新しい言葉における「扉」という言葉は、自分たちのケージの扉ではなく、動物病院の裏口の扉に由来していた。裏口の大きな緑色の扉は、上下のちょうど真ん中あたりについている長い金属バーを押すだけで開く。押すと金属バーが重い音を立てる。その晩から、ここの犬たちのあいだで「扉」という言葉は、「チッ」と上あごを鳴らしてから「ハア」とため息をついて表現することになった。

ところで犬たちのこのときの心境を表すとしたら、「おびえる」のひと言ではとても足りないだろう。だがとにかく、はっきりした意識の変化が襲ってきたとき、犬たちは「おびえた」。なにしろ、病院の裏口からショー・ストリートに出てあたりを見回すと、突然、自分たちが無防備な状態で自由になったことに気づいたのだ。後ろで裏口の扉が閉まり、目の前に広がる世界は音とにおいの洪水。それらはそれまでなんの意味もなかったのに、今や意味を持って押し寄せてくる。そんなものにおびえる自分たちは、いったいどうなったのか。

どこにいるのか。だれがリーダーになるのか。

ここにいた三匹にとって、この奇妙な物語はここで終わる。絶え間ない激痛のなかにいるアガサは、じつは安楽死をほどこされるために入院していた。だがそれを知らなかったため、出発の段になったとき、他の犬と出ていく意味がないと感じた。いい生涯を過ごし、三匹の子犬を産み、おかげで、女の主人と出かけるとたまに会うメス犬たちからは必要な尊敬を受けてきた。だから、主人に理解できない世界の一部になど、なりたくなかったのだ。アガサは動物病院の扉のそばに寝そべると、いっしょに行くつもりがないことを他の犬に知らせた。この決意によって、自分が死ぬことになるとは思っていなかった。思い浮かばなかったし、思いつきもしなかった。まさか、主人が自分をひとりで死に向かわせようとしていたなんて。翌朝、アガサは二匹の雑種、ロナルジーノとリデアとともに、病院で働く人間たちに見つかった。残念なことに、人間たちはやさしくなかった。いらだたしそうにアガサを銀色の診察台のほうへ連れていき、安楽死させた。アガサが噛みつこうと頭をあげると、男に叩かれた。診察台を見たとたん、もう終わりなのだと悟ったアガサは、むなしく、主人に会いたいと訴えつづけた。パニックになりながら、かすれた声で「おねがい」と何度も吠え、魂が抜ける最期のときまで吠えた。

　ロナルジーノとリデアはアガサよりは長生きしたが、最期は同じようにみじめだった。二匹とも軽い病気で入院していたので、それぞれやさしい主人の元へもどされた。そして二匹の場合、新しいものの考え方が、それまでののどかだった（あるいはそう思っていた）暮らしや比較的長かった寿命をむしばんでしまった。ロナルジーノは自分を愛してくれる家族と暮らしていたが、病院からもどると、家族の自分を見下す態度に気づきはじめた。自分は明らかに変わったのに、おもちゃ同然にしか扱ってもらえない。ロナルジーノは人間の言葉を覚え、コマンドを最後までいわれる前に、おすわり、ちんちん、死んだふり、ごろん、ちょうだいをやってのけた。やかんがピーッと鳴るとすぐ、レンジの火を消すことを覚えた。一度など、犬は二十まで数えられない、と目の前で客に断言されたとき、その人をじっと見てから、皮肉たっぷりに、うなるように、二十回吠えてみせたこともある。だが、だれも気づきもしなければ、気にも留めなかった。さらに悪いことに、どうやら家族はロナルジーノが「元のあいつじゃない」ことを薄々感じたらしく、なんとなくよそよそしくなったのだ。まるでかつてのロナルジーノをしのぶように、おざなりに背中や頭をなでて、それでおしまいにする。ロナルジーノはいじけて幻滅のうちに死んだ。

　リデアはさらにつらい運命をたどった。俊足のウィペット（母）と大型狩猟犬ワイマラナーのあいだに生まれたリデアは、昔から神経質だった。それが、人間の知性を授けられたことで、いっそう進んだ。リデアも主人たちの言葉を覚え、求められることはなんでも几帳面にやってのけるか、何を求められるかを予測して待つようになった。見下されることは気にならなかったが、適当にあしらわれ無視されることが気になった。「人間の知性」を持ったために、時間をはっきりと意識するようになったのだ。時間の経過、皮膚をはいずりまわる皮癬《ヒゼン》ダニのような一瞬一瞬は、耐えがたい鞭《むち》になった。その鞭の痛みは主人たちの姿が見えるときだけ、いっしょにいるときだけ、和らぐ。ところが、主人たちはライラックと柑橘《かんきつ》系の香りがする共働きのカップルで、一度出かけると八時間はもどってこない。リデアはひどく苦しんだ。えんえんと何時間も吠えて、鳴いて、呼ぶ。とうとう、何度も繰り返される苦しみに心が耐えられなくなり、人間が苦しみから逃れるときの典型的な避難場所を見つけてしまった。緊張病《カタトニア》になったのだ。ある日、主人たちはリビングで、目を開けたまま脚を硬直させているリデアを発見した。ショー・ストリートの動物病院に連れていくと、獣医は手のほどこしようがないという。主人たちはそのままリデアを安楽死させた。ふたりはそれまで思いやりのある主人というわけではなかったが、ロマンティストだった。亡骸《なきがら》は裏庭に埋め、リデアをしのんで、その盛り土に黄色の花（ゲニスタ・リデア）を植えて埋めつくし、リデアが眠る場所のしるしにした。

ショー・ストリートをあとにした十二匹は、とにかくパニックに陥っていた。世界は新しく輝いて見えるのに、すべてが見慣れて見飽きたものであり、驚くべきものは何もないのに、すべてに驚いてしまうのだ。群れは油断なく、ストローン・アヴェニューを南へ進んだ。橋を越え、湖のほうへ向かう。

ほとんど本能のままに、湖岸にひきよせられていた。湖のいろんなにおいは、人間を誘う早朝のパン屋の香りのように、犬たちをひきつけた。最初は湖そのもののにおい。すっぱくて、草っぽくて、魚臭い。そのあと、ガンやカモといった野鳥のにおい。続いて、さらに魅力的な、鳥の糞《ふん》のにおい。新鮮な自然のサラダをガチョウの脂で炒めたようなにおいだ。そして最後に、ふっと鼻をつくにおい。煮た豚肉、トマト、牛肉からしみでた脂、トウモロコシ、パン、甘い物、牛乳のにおいだ。無視できる犬はいなかった。だが湖のそばに、避難できる場所、主人が探しにきたときに隠れられる場所はほとんどない。

湖の魅力に抗《あらが》える犬はいなかったが、マジヌーンの頭に、抗わなければ、という考えが浮かんだ。街は最悪だ、命令をきかない犬を恐れる人間でいっぱいだから。おれたちに必要なのは、全員にとって最良の道が決まるまで、安全でいられる場所だ、今この群れでは実力からすれば、くしゃっとした顔の犬（アッテカス）がいちばん上だが、だからといってリーダーにふさわしいとはかぎらない……。だがかといって、マジヌーン自身がリーダーになりたいわけではなかった。

マジヌーンは、この冒険に引きずりこまれてから、他の犬たちといることをそれなりに楽しんでいたが、人間のそばにいるほうが心地よかった。他の犬は信用できない。だから、リーダーになりたくはなかった。食べ物、すみか、水といった当面の問題は、みんなで取り組まなければならないだろう。だが、だれが先頭に立つ？　自分はだれに従う？

あたりは暗く、時折り、雲のあいだから月が顔を出すだけだった。朝の四時、世界は影におおわれていた。カナディアン・ナショナル・エキシビション〔毎夏、オンタリオ湖の湖岸に特設される展示会。観覧車などの乗り物やショーやステージがある〕のゲートがそびえ、下にあるものを今にも踏みつぶしそうに見える。車はあまり走っていなかったが、マジヌーンは通りの端で信号が青になるのを待った。群れの半分、ロージー、アイナ、ベンジー、アルバータ州生まれの雑種のプリンス、ノヴァ・スコシア・ダック・トーリング・レトリバー（通称ダックドッグ）のボビーの五匹はマジヌーンと待った。あとの半分、フリック、フラック、ドギー、グレート・デーンのベル、雑種のマックスは、アッテカスとともに通りを不用意に渡っていた。

道を渡りきったみんなの目の前には、暗く静まりかえった湖が横たわっていた。遊歩道沿いから、さまざまな種類の糞や、いろいろな食べ物のかけらや、多くのもののにおいがしている。くしゃっとした顔のアッテカスは狩猟本能が強く、小動物、おもにハツカネズミやドブネズミの動きに敏感で、追いかけたくてうずうずしていた。追いかけよう、と他の犬たちを強く誘った。

――なぜ？　とマジヌーンはたずねた。

革新的な犬の言葉でたずねられ、ほかの犬は驚いた。アッテカスはそれまで、ネズミや小鳥や食べ物をとることを疑問に思ったことなどなかった。そこで「なぜ？」について考えてみた。ぼんやり鼻先をなめながら。やがて、自分も新しい言葉でいった。

――なぜとは？

フリックとフラックが喜んで、すぐに声を合わせた。

――なぜとは？　なぜとは？

――主人が来たら、どこに隠れる？　とマジヌーンはいいかえした。

だれの頭にも浮かばなかった微妙な質問。その質問の奥にあるいくつかの仮定は正しいと同時に、なんとなく間違ってもいそうだった。マジヌーン自身は主人を尊敬していたが、ほかの犬はみな、主人から隠れたがっていると思っていた。尊敬より自由だろうな、と考えたからだ。しかし、「主人」という言葉を聞いたとたん、犬たちのあいだには、隠れたいという気持ちも、隠れたくないという気持ちも芽ばえた。主人のことを思うと心を慰められる犬もいた。都会に来てから主人のキムと別れてしまったプリンスにいたっては、主人を見つけるためならどんなことでもしただろう。二キロに満たない体重のアイナは、どこへ行くにも抱かれていくのが常で、こんなに長時間群れについて歩いたために、もうへとへとだった。この先ずっと歩かなければならなくて、さらに行く先が不安という状況に直面して、アイナは考えた。食べ物をくれてわたしを運んでくれる人が現れたら、喜んで服従するのに……。しかし、ほかの体の大きな犬の多くは、服従などとんでもないといいそうだったので、自分もそう思っているふりをした。

マジヌーンも、微妙な思いやためらいがないわけではない。昔から、主人にいわれたとおりにできることを誇りにして、ビスケットなどのおやつをもらえるときは、必ず手に入れてきたが、そのときの儀式には腹も立てていた。逃げだしたくなる気持ちを我慢しなければならないときもあった。実際、おやつを持っていけるなら、逃げだしていただろう。いや、おやつだけではない。おやつをもらうときの気持ち、なでられること、主人が喜んでいるときの声で言葉をかけられることも、捨てがたかった。もちろん、自由になった今は、おやつのことなど考えるだけ無駄だった。

フリックとフラックはまだ若いため、服従する喜びを完全には理解できていなかったか、あるいはその経験がなかった。だから、この二匹だけは、主人が現れたときのために隠れる場所が必要だというマジヌーンの意見に全面的に賛成した。

アッテカスは、マジヌーンと同じためらいはあったが、こういった。

——なぜ、隠れる？　おれたちには歯があるだろう？

アッテカスが歯をむきだしてみせる。みんなはこの恐ろしい提案の意味がわかった。

――わたしは主人に噛みつくことなんてできない、とアイナ。主人は喜ばないもの。

――馬鹿馬鹿しい、とアッテカス。

――このちっこいメスのいう通りだ、とマジヌーンはいった。だれかが自分の主人に噛みつくことができたとしても、ほかの主人が気づいて、おれたちの自由に腹を立てる。自由になった犬がぶたれるところを、おれは何度も見てきた。おれたちは攻撃されないかぎり、噛みつくべきじゃない。だから、隠れ場所を見つけるべきだ。

――さっきから、とアッテカスが口を開いた。犬のくせにしゃべりすぎだ。食い物を探そう。隠れ場所はそのあとだ。

犬たちは狩りに出かけた。あるものは食料だとわかる物を探しにいき、あるものは祖先からの血が食料だと教えてくれる動物を追いかけた。大収穫だった。本能は確実に小動物（ネズミ四匹、リス五匹）に導いてくれたのだ。犬たちはそのかわいそうな獲物を取り囲んだり、待ちぶせたりして、うまい具合に効率よくしとめた。二時間が過ぎ、朝日が地面を照らし、湖を青みがかった緑に変えるころには、何匹かのネズミ、リス、数本のホットドッグパン、いくつものハンバーガーのかけら、山ほどのフライドポテト、何個かの食べかけのリンゴ、元はなんだったのかわからないくらい泥まみれの砂糖菓子が集まっていた。ただひとつ、大いに残念だったのは、ガンを一羽も捕まえられなかったことだ。それともうひとつ、ほとんどの犬は小動物をいやがって、人間の食べ物の残りを選んだ。ブールバード・クラブのわきの小山に、頭のない、かじりさしのネズミやリスがきちんと一列に並べられた。

それから数日間、ぼんやりしたものも明確なものも含め、多くの徴候が現れた。「深く考えること」つまり「思考」という新発見が導いた集団の変化だ。まず初めに、新しい言葉が花開き、意思の疎通のやり方が変わった。この変化は特にプリンスが目覚ましかった。プリンスはひっきりなしに自分のなかで言葉を見つけては、ほかのものに伝えた。たとえば、「人」という言葉を思いついたのはプリンスで（おおまかな発音は「グルルルアヒー」。人間がよく発する声を真似たうなり声）、これは偉業だった。おかげで今やこの犬たちは、主人のことを引き合いに出さずに人間一般について話せるようになった。また、この犬たちにとって初のユーモアと呼べそうなものを考えついたのも、プリンスだった。新しい言葉で「骨」（おおまかな発音は「ルルルアイ」）と新しい言葉で「石」（おおまかな発音は「ルルルイーアイ」）は、とても似ている。ある晩、プリンスは何を食べているのかとたずねられたとき、骨を示しながら「石」と答えた。すると多くの犬が気づいた（これが、最初のしゃれらしいしゃれだった）。たしかにそうだ、面白い、と。問題の「骨」はまさに、固くてかじりにくいってことだ、と。

またその後、犬たちは自分たちのなわばりに慣れるにつれて、狩りとごみ漁りがうまくなった。なわばりは、パークデイルとハイパーク。南北はブルーア・ストリートから湖まで、東西はウィンダミア・プレイスからストローン・アヴェニューまでだ。どの犬も、必要以上に人（や犬）の目にとまらずに集まれる場所をすぐに覚えた。それだけではない。プリンスの日の光と闇の観察を元にして、一日を使い勝手のいい単位に分けることを学んだ。つまり、時間を発明したのだ。これによって、この群れの犬たちは時間の経過を意識することで生まれる苦しみから救われた。（昼は、太陽が最初に見えてから地平線に沈みはじめる瞬間までで、大ざっぱに八つに分けて、それぞれに名前をつけた。夜は、最初に世界が静まってから鳥が騒ぎだす瞬間までで、十一に分けた。こうして、ここの犬たちの一日は二十四ではなく、十九に分けられるようになった。）

時間と場所のこの新しい関係は、いくぶん、新しいすみかをつくるのに影響した。現実的で説得力のあるアッテカスが（新しい言葉を最初から信用していなかったのだが）主張したことで、すみかはハイパークの林になった。かたまって生えている常緑樹の下の空き地だ。そして犬たちはテニスボール、ランニングシューズ、人間の服、毛布、キューキュー音の鳴るおもちゃなど、拾ったり盗んだりした物をなんでも運んできて、心地よく過ごせるようにした。ただ、いつまでもいるつもりはなかった。ここは夜の始まりに集まるだけの場所で、一時的な、その場しのぎだ、とアッテカスもいっていた。ところが、犬たちはあっという間に自分たちの場所だと感じるようになった。松脂《まつやに》と犬と犬の尿のにおいがした。

「人間のように考えること」の利点を顕著に示したのは、おそらくベルとアイナのあいだに生まれた関係だろう。もちろん、この二匹は体重と大きさでは対極にある。どちらも三歳だが、アイナは体重一キロ半前後、脚が短い。群れで移動するとき、ほかの犬についていけなかった。ベルは身長一メートル前後、体重は九十キロほどで、ほとんど走らない。あまり思慮深いほうではなかったが、いかにものを考えているかのように堂々と歩を進めた。みんなについてこられないアイナを見たとき、四歳の女の子を乗せた経験を思い出したベルは、背中に乗るようアイナをうながした。

ベルにはなんでもないことだった。前脚を体の下に折りたたんで低くなり、アイナがよじのぼるのを待つ。アイナは乗ってみた。だが、最初のうちは動きだすとあっという間に落ちてばかりいた。落ちると、痛かった。しかしすぐにこつをつかんだ。三日目には爪を立ててしがみつき、ベルの首に噛みついて背中からずり落ちないようにした。それは見事で、落とすのが難しいほどだった。こうしてとても興味深い光景が誕生した。数日後、ベルはそれまで、大股でゆったり歩くかリズミカルに強弱をつけて歩くだけだったが、気が向けば走っても大丈夫だと確信した。首筋のでっぱりが上がったり下がったりしても、アイナは船の上甲板にそびえる船首楼でゆれている乗客といった感じで、楽しんでそこにつかまっているのがわかった。

ベルとアイナはこれが気に入って、まもなく二匹は姉妹のようになった。だが二匹の思いつきは群れに問題をもたらした。不用意に人目を引いてしまったのだ。ある日、二匹が湖岸沿いで食べ物を漁っているると、少年のグループがベルの背中にアイナが乗っているのに気がついた。面白いと思った少年たちは、すぐからかってやろうと、二匹を追いかけはじめた。いかにも人間らしい突飛な行動だったため、ベルとアイナには、少年たちの興奮が敵意や嫌悪とは違うことがわからなかった。少年たちは石を拾って投げだした。ベルは足は速くないし、長距離を走ることもできない。少しするとスピードが落ちて、石がアイナに当たった。甲高い鳴き声とともにアイナは背中から落ちた。アイナが転がって痛がる姿を見た少年たちはいっそう面白がり、さらに石を集めると、今度は二匹を痛めつけるため躍起になって投げつけた。

ベルはもともとおとなしい性質《たち》で、めったに腹を立てないが、少年たちが近づいてくると、アイナを守るためなら敵を殺してもいいと思った。最初に敵のいちばん大きなやつを倒す、それしかとっさに頭に浮かばなかった。歯をむきだし、その一点に集中すると、少年のリーダーに襲いかかった。その子にもほかのだれにも、反撃したり逃げたりするすきを与えず、九十キロの体で飛びかかり、本能のままに相手の首をねらった。もし相手がぎりぎり片手でよけなければ、歯を首に沈めていただろう。ベルはリーダーの右手に、歯が骨に達するまで嚙みついた。血が噴きだし、ベルの下で少年が悲鳴をあげる。仲間は手に武器の石を持っていたものの、その場に固まった。助けを呼ぶ友の声を聞くだけで、動かない。少年たちの恐怖が、完全にベルに有利に働いた。次の瞬間、ベルはひとり目を放すと、そばにいた少年に飛びかかった。ふたり目が必死の悲鳴をあげて走りだす。仲間のことを考える余裕などなかった。

近くでごみ漁りをしていて騒ぎを聞きつけたアッテカスとマジヌーンが歯をむきだし、少年たちに向かって走りだした。二匹は、少年たちがもどってきそうにないところまで、追いやった（いうまでもなく、少年たちにもどるという選択肢は絶対にありえなかった）。言い方を変えれば、少年たちの敗走は完璧で速かった。十四歳以下の少年六、七人のグループはみな心に傷を負い、屈辱を感じた。アッテカスとマジヌーンがアイナのところへ行くと、傷はそれほどではなかった。血が出て、左目の上の毛が濡れて固まっているが、深傷《ふかで》ではない。マジヌーンがいった。

――まずいことになった。人間は嚙みつかれるのが好きじゃない。なわばりを変えたほうがいい。

――たしかにまずい、とアッテカスはいった。だからといって、全員がここから出る必要はあるか？ 人間はこの二匹を探しにくる。この二匹は姿を隠さないとな。人間に傷を負わせたのは、でかいほうだ。人間が探すのはそいつで、おれたちじゃない。

――それはどうだろう、とマジヌーンはいった。

けっきょく、予防策をとることになった。ごみ漁りはハイパークで行《おこな》って、林から離れないようにした。湖岸には近づかず、アイナとベルは出かけるのを、夜の闇が二匹を包むまで控えた。日中、ほかの犬たちは、二、三匹の小さなグループに分かれて動き、できるだけ人目につかないようにした。

こうした予防策は人間を警戒してのものだった。人間は避けることのできない危険だから、というわけではない。行動が予測できないからだ。しゃがんでこちらの背中をなでたり、あごをかいたりしてくれる者もいれば、まさにこの前のように、蹴《け》ったり、石を投げたり、殺そうとさえしてくる者もいる。避けるにこしたことはない。ところが予想に反して、この犬たちが変化をとげてから初めの数週間、大きないざこざを起こした相手は人間ではなくほかの犬だった。群れがどんなに礼儀正しくしようが、誘いに乗らないようにしようが、すぐさま攻撃してくる犬がいた。それも、うなったり歯をむきだしたりすることもなく、会ったとたんに飛びかかってくる。

——おれたちが弱いと思っているのさ、とアッテカスはいった。

しかし、話はそれほど単純ではなかった。攻撃する犬はいずれも好戦的だったが、おびえているようにも見えた。ベルやアッテカス、フリックやフラックといった大型犬に対してだけではない。それなりの大きさの犬にとっては脅威になりそうにない、ドギー、ベンジー、ボビー、アイナといった小型犬のことも怖がった。いきなり飛びかかってくる犬ではない場合、なかにはあっという間に服従するものもたまにいた。これはほとんどありえないことだ。ドギーたち小型犬は、自分たちまで、どう猛な大型犬と勘違いされているように感じた。

群れの十二匹は、自分たちの犬社会での格付けが変化したことに、それぞれ違う思いを抱いた。アッテカスは、この状況が我慢ならなかった。ほかの犬から別物のように扱われる世界の、つまらない犬になったことに気づいて、深く傷ついた。アッテカスにとって、肛門のにおいをかいだり、仲間の性器に鼻をうずめたり、格下の犬にマウンティングしたりといった、以前の多くの喜びが今では自意識を麻痺させなければ楽しめないものになってしまった。この点では、マジヌーン、プリンス、ロージーも同じだった。四匹は「思考」をしがちなのだ。しかし、プリンスと、広くいえばマジヌーンものぞいた群れの犬はみな、また普通の犬社会で生きられるなら、思考など捨てていただろう。プリンスは意識の変化を完全に受け入れた唯一の犬だった。知っているものがすべて、それまで知らなかったすばらしいものになった、という新しい見方を発見したかのようだった。

四匹の対極にいるのが、双子の兄弟フリックとフラック、雑種のマックスだった。三匹とも自意識に慣れることはなかったが、考える行為を控えることはできた。たしかに、新発見の「思考」はしていたものの、それはあくまでも、以前と変わらず犬らしくすることを忠実に守りながらだった。知らない犬に喧嘩《けんか》をふっかけられたときには、挑発しながらうまく防御した。攻撃してくる犬たちに複数で襲いかかり、羊のように扱う。腱《けん》に嚙みつき、流血させて苦しめるのだ。この三匹の場合、服従する犬に出会ったときには、ただ喜びが増すだけだった。やらせてくれる相手なら、どの犬とも交尾した。ある意味、新しい（言い換えると、それまでと違う）知性のおかげで、三匹は自分たちの本質、犬というものを知った。そして自分たちは「普通の」犬に恐れられて当然の存在だと思った。

このフリック、フラック、マックスが大きな問題を起こしたのは、同じ群れの犬たちとだった。たしかにほかの九匹も、新しく得た知性と、急速に発達する言葉を取り入れたし、たしかに自分たちを理解しているのは自分たちだけだった。しかし、「理解」は「思考」と同じくらい臭いもので、三匹には何より不要なものだった。「理解」は、どんなにがんばって犬として暮らそうとしても、もう普通の犬ではないことを思い出させるものなのだ。フリックたち三匹がほかの九匹から勝ちとりたいのは、服従やリーダーシップであり、最初はどちらも得られなかった。

当然ながら、フリック、フラック、マックスがほかの九匹のなかでもっとも嫌ったのが、プリンスだった。赤茶色の体に胸のところだけ白い雑種。体は大きいが、その気質から威圧感はない。かなりやさしい性質だったので、見下されてもおかしくなかった。そんなプリンスが奇妙な考えを持つようになったのを見て、三匹は不快になった。一日をいくつかに分割したのは、プリンスだったし、ささいなことについて次々に疑問を投げかけるのも、プリンスだった。たとえば、人、海、木、自分がお気に入りのにおい（鳥の肉、草、ホットドッグ）、自分たちの上にある丸くて黄色いもの（その光に当たっていると温かい）について。もちろん、三匹はプリンスの「石」と「骨」のしゃれをまったく気に入らなかった。だが、プリンスのほうもやめようとしない。ほかの犬たちにうながされて披露する言葉遊びは、いつも三匹にはまったく意味不明だった。

フリックとフラックには、プリンスがみんなの犬らしさをぶち壊そうとしているように思えた。だが、プリンスのユーモアは三匹にとって、まだ最悪とまではいっていなかった。変化の前も三匹はすべての犬と同じで、吠える、遠吠えをする、うなるといった基本的な音からなる単純な言葉で間に合っていたし、新しい言葉による「水」や「人」ができたときには、便利で革新的な言葉として使ってもいいと思った。ところが、プリンスにたきつけられて、群れのみんなは今や、数えきれない物を言葉で表すようになってしまったのだ。（犬に「土ぼこり」という言葉が本当に必要だろうか。）さらにある晩、プリンスはすっくとすわりなおすと、奇妙なひとまとまりの言葉を口にした。

草の丘は濡れ
空は果てしない
犬が待つのは女主人マジ
昼《ヌーン》がまたくる

このうなり声、吠え声、甲高い鳴き声、ため息のひとまとまりを聞いて、フリックとフラックはばっと立ちあがり、すぐにもうんざりな犬の女主人の顔に噛みついてやろうと身構えた。ここにだれかしらの主人が現れたというのなら痛めつけてやる、と思ったのだ。ところが、プリンスが奇妙なひとまとまりの言葉を口にしたのは、みんなに主人が来たといって警戒をうながすためではなかった。そうではなく遊んでいたのだ。ごっこ遊び。言葉遊びだ。これほど愚かな言葉の使い方があるだろうか。マックスが立ちあがり、嚙みつこうとうなりだす。

ところが予想外のことが起こった。何匹かの犬がプリンスの言葉に喜びを見出した。濡れた丘と果てしない空を思い出させてくれてありがとう、とアイナがプリンスにいう。ベルも同じだった。多くの犬たちは、プリンスがみんなの言葉をろくでもないことに使ったと感じるどころか、言葉をうまく使って、思いもよらないすばらしいものをもたらしてくれたと感じたのだ。

——感動したよ、とマジヌーンはいった。頼む、もうひとつやってくれ。

プリンスは、また別の遠吠え、吠え声、甲高い鳴き声、舌の音をまとめて披露した。

丘の向こうに主人がいる
おれたちの秘密の名を知っている男
主人は鈴《ベル》を鳴らして骨を鳴らして
おれたちを呼びもどすだろう
春も冬も秋も

ほとんどの犬が黙ってすわっていた。間違いなく、プリンスのいいたいことを理解しようとしている。だがマックスは、もうたくさんだ、と思った。こいつは、おれたちのわかりやすい堂々たる言葉をねじまげてるだけじゃない。犬じゃなくなった。本物の犬なら、こんなくだらないことは口にしなかったはずだ。群れにいる価値もない。おれたちの本質を守るためには、だれかが何かをしなければ。マックスには、フリックとフラックも同じように感じているのがわかった。

だが、プリンスに嚙みついて服従させるか追放する役は、自分がやりたい。マックスはうなり声もあげず、いきなりプリンスに襲いかかった。プリンスは何もできず突っ立っていた。マックスが首に嚙みつこうとする。そのとき、マックスと同じくらい静かにすさまじい勢いで、マジヌーンがプリンスの助けに入った。フリックかフラックが邪魔する前に、マジヌーンはマックスを押し倒し、喉《のど》にしっかり歯を立てた。マックスは服従のしるしに放尿して、じっとした。

——殺しちゃだめだ、とフラックがいった。

マジヌーンは警告のうなりをあげると歯を沈めた。血が流れる。

——若いのいうとおりだ、とアッテカスがいった。仲間を殺すのはよくない。

マジヌーンは感じていた。自分の細胞のひとつひとつが叫んでいる。こいつを殺すことは正しい。いずれ殺すことになる。だったら、今殺せ。だが、マジヌーンはアッテカスの言葉を聞き入れて、マックスを放した。マックスはしっぽを巻いてそそくさと逃げだした。

——暴力は必要なかった、とアッテカスがいった。あいつはただ、みんなで聞いたあの言葉に感じたことをあらわにしようとしただけだ。

——あらわにするも何も、最初から隠しちゃいなかった、とマジヌーン。

——おまえはやつに自分の立場をわからせた。正しいことをした。

思考が苦手なフリックとフラックは別にして、たいていの犬はマックスとマジヌーンのあいだに起こったことに戸惑った。ほかの犬たちも以前なら、これは二匹の格付け争いで、マジヌーンが明らかに勝って上になったと考えただろう。だが、ここで問題なのはプリンスだった。プリンスはマックスを怒らせた。プリンスの「言葉」が怒りを買ったのだ。ということは、マックスとマジヌーンが戦った理由は言葉なのか格付けなのか。犬が言葉をめぐって命をかけて戦うことなどあるのだろうか。そう考えると奇妙だった。

ベルと並んで寝そべり、うとうととしていたアイナがふといった。

——あのオスたちって、なんでも理由をつけて戦うのよね。

——わたしたちには関係ない、とベル。

二匹にとって問題はそこで終わった。二匹はまもなく眠りにつき、アイナは夢のなかで、リスに向かって低くうなった。自分よりずっと小さいくせに、ちょっかいを出してくる相手に。

喧嘩から二日目の夜、アッテカスがマジヌーンに話しかけてきた。

季節は秋になり、葉っぱが色づきはじめていた。寒くなったせいで夜の闇が深まったように見える。群れには日課ができていた。ごみ漁り、人間を避ける、ネズミやリスを狩る。林は雨や嵐を避ける避難場所になり、そのため、偶然見つけた一時的なすみかが、いつのまにかわが家になっていた。ここを去ることなどだれの頭にも浮かばなくなっていた。

マジヌーンはフリックかフラックかマックスかアッテカスから、何かしらの提案があると考えていた。だれがリーダーになるかという問題を、四匹のいずれかが持ちだしてくると予想していたのだ。群れはしばらくのあいだ、リーダーのいない、不自然な状態でやってきた。マジヌーン自身はリーダーになどなりたくなかったが、群れが自分（つまり、マジヌーン）に意見を求めることなく、いちばんの候補であるアッテカスを推してきたら、屈辱を感じただろう。以前なら間違いなく、リーダーをめぐって二匹は戦っただろうが、変化が訪れたあとでは、少なくともマジヌーンにとって体を使って戦うことは、リーダー争いのような複雑な問題を解決するのに最良の方法とは思えなくなっていた。

（この変化は、なんとも奇妙なものだった。ある日、マジヌーンは人間がペットに話しかけている言葉を聞いているうちに、面白い体験をした。それは、太陽が一瞬のうちに濃い朝靄《あさもや》を晴らしたような体験。人間の話している内容がわかったのだ。マジヌーンがそれまでさんざん聞いてきた言葉、人間の言葉がいくらかわかったというだけではない。言葉の奥にある考えまでも理解できたという確信があった。マジヌーンが知るかぎり、自分のように人間の言葉を理解できた犬は、それまでいない。呪いか恵みかはわからなかったが、その新しい「理解」というものを獲得したことで、自分のふるまいを変える必要が出てきたのはたしかだった。新しい世界で起こりつづける奇妙なことに適応するための変化が必要だった。)

マジヌーンとアッテカスはいっしょに林を出て、公園に入った。空は満天の星だった。クィーンズウェイの灯りから離れて南に向かう。あたりは静かで、いつまでもコオロギの鳴き声だけが響いている。虫が黙るのはもっと寒くなってからだ。

――おれたちはどうすべきなんだろう、とアッテカスがたずねた。

マジヌーンは驚いてきいた。

――なんのことだ?

――質問の仕方がまずかった。つまり、おれたちはどう生きるべきか、ということだ。同族のやつらと別物になってしまっただろう?

――連中がおれたちを恐れるのはもっともだ。もう、おれたちはやつらのような考え方をしない。

――だが、感じ方は変わっていないだろう? おれはあの晩より前の自分を覚えている。そんなに違っちゃいない。

——おれは以前のおまえを知らない、とマジヌーンはいった。だが、今のおまえは知っているし、今のおまえは違っている。

——おれたちのなかには、新しいものの考え方も、新しい言葉も、なくすのがいちばんだと思ってるやつもいる。

——頭のなかに浮かんでくる言葉を、黙らせることなんてできるか？

——黙らせることはできないが、無視することはできる。以前のおれたちにもどることはできるんだ。新しい考え方は群れから離れていく。犬社会に属さない犬は、犬じゃない。

——そうは思わない、とマジヌーンはいった。おれたちは新しいやり方を手に入れた。与えられたんだ。使わない手はない。そうだろう？　おれたちが違ってしまったのには、何か理由があるんだと思う。

——おれは覚えてるぞ、とアッテカスはいった。同族のやつらとうまくやっていく方法をな。だがおまえ、おまえは考えたがって、考えつづけて、また考えたがる。そんなに考えて、何かいいことがあるか？　おれもおまえと似ていて、考えることが楽しい。だが、考えることはおれたちにとってプラスにならない。犬でいること、正しいことを、おれたちから遠ざけるんだ。

——おれたちは、ほかの犬が知らないことを知っている。やつらに教えてやったらどうだろう？

——だめだ、とアッテカスがいった。今は、おれたちのほうが教わるんだ。また犬であることを学ばないとな。

——おい、どうしてこの件でおれの考えを聞きたがる？　リーダーになりたいからか？

——おれに挑むつもりか？

——いや、とマジヌーンは答えた。

しばらく二匹はいっしょにすわって、夜の音に耳をすませていた。公園のなかの世界は、見えない命にあふれている。頭上に広がる無限の空間は、太古の時代と変わらず、新鮮で印象的だ。二匹のどちらもこれまで、夜空や星に気を留めたことなどほとんどなかったが、今はそういったもののことを考えずにいられなかった。

——犬のくせに奇妙な言葉をしゃべるあいつのいったことだが、どう思う？　とアッテカスがいった。空は本当に果てしないんだろうか。

——あいつはいろんなものを美しく考えたがるんだ、とマジヌーンは答えた。だが知ってることは、おれたちとたいして変わらない。

——おれたちにわかる時が来ると思うか？

マジヌーンは、アッテカスの質問に考えこみ、頭に浮かぶさまざまな思いについて考えた。何もかもがどうしようもなくこんがらがっているように感じることがあるのだ。最後にマジヌーンは思った。アッテカスのいうことは間違っているんだろうか。いや、以前と変わらない犬でいることが、いちばんなんだろう。思考しなければ、ほかの犬から離れることはなく、犬社会に属していられる。それ以外の道は無駄だ。いや、もっと悪い。それ以外は、すばらしい世界から自分を遠ざける幻にすぎないのだ。ただ、新しい考え方はやっかいで、ときには苦痛だが、今では自分たちの一部になっている。自分自身にどうして背を向けられるだろう?

——いつか、とマジヌーンはいった。空の果てがどこにあるのか、わかるかもしれない。

——そうだな、とアッテカス。わかるかもしれないし、わからないかもしれない。

黒いプードル、マジヌーンの本能は正しかった。だれがリーダーになるかについてこっそり打診されると予想しており、アッテカスにはっきりとはいわれなかったが、けっきょく力についての話をされたのだ。しかし、マジヌーンは、アッテカスの言葉のすべてのニュアンスを理解できたわけではなかった。アッテカスは、マジヌーンがリーダーの座をめぐって挑んでくるのかどうかは気にしていなかった。体の大きさでは勝っているし、フリック、フラック、マックス、ロージーが味方についている。アッテカスが本当に知りたかったのは、自分(つまり、アッテカス)がリーダーになった場合でも、マジヌーンは群れの一員でいるかどうかということだった。そして、マジヌーンは知らないうちに、アッテカスが必要な情報をすべて渡していた。

次の日、群れでごみ漁りに出たとき、フリック、フラック、マックス、アッテカスは湖のそばのハンバー・ベイ・アーク・ブリッジを渡った場所で落ちあった。群れの犬たちからも、公園にいるリードなしの飼い犬からも離れている。

——ほかのやつらには話しておいた、とアッテカスがいった。おれたちが自分らしく生きるには、変化が必要だ。群れにとどまっていいやつと、いてはならないやつがいる。

——あの黒い犬は？　とフラック。

——やつは、おれたちの仲間じゃない。群れを出ることになるだろう。

——殺したほうがいい、とマックスがいった。

——あんたはマウンティングされたからそう思うだけだろ、とフリック。

——いや、そいつのいうとおりだ、とアッテカスがいった。黒いやつは、そうやすやすと追い払えない。なかには、もうやつについてるものもいる。殺したくないのは山々だが、やつが群れに残るといったら、そうもいかないだろう。

——あのでかいメス犬は？　とマックス。

——あいつは黒いのを気に入ってるし、かなり力がある、とアッテカス。消すことになるだろう。

——ちっこいメス犬もいっしょにな、とマックス。

——群れの掟はどうする？　とフラックがきいた。

――ふたつ作ることになる、とアッテカスが答えた。まっとうな犬の言葉以外は禁止。それと、犬らしくないふるまいは禁止。おれたちは犬らしく生きるんだ。

――主人なしで？　とフリック。

――主人なしで、とアッテカス。主人のいない犬こそ、真の犬だからな。群れから消えてもらう犬は三匹。でかいメス。黒いやつ。それと、あのおかしな言葉の使い方をするやつだ。やつらがいなくなったら、おれたちは犬らしく生きることができるだろう。

――黒い犬に戦いを挑むつもりか？　とマックスがたずねた。

――いや、とアッテカスはいった。一度に三匹とも消す。素早く確実にな。残りの連中が向こうかこっちかに味方して、問題がややこしくなる前にやる。

――いつにする？　とフリック。

――今夜だ、とアッテカス。

そして、これは犬らしくなかったが、アッテカスたちは細かい作戦を立てた。もしそれが失敗したときのことも考えた。

プリンスが、また別の詩を口にした。

動く光は、光ではなく
とどまる光は、光ではなく
真の光は、のぼっていった
いくつもの夜を越えた昔まで
かろうじて小鳥の口のなかにまで

マックスはプリンスを、この場で殺してやりたくなったが、こらえた。

ほかの犬はプリンスの言葉を思い返したあと、多くはすみかの寝床に行き、聞いたばかりの詩を子守歌に深い眠りに落ちた。しかし、アッテカスは違った。アッテカスは、また話がある、といってマジヌーンを公園に誘いだしていたのだ。そしてあたりが静まりかえり、低い寝息だけになると、フリックとフラックが寝床から立ちあがった。フリックは音を立てずにベルとアイナが眠っている場所へ向かった。アイナの小さな体をくわえ、深く歯を沈めると、そのまま運び去る。アイナはくぐもった甲高い鳴き声をもらしたが、ほかの犬はだれも起きなかった。

少しして、フラックが鼻面でベルの頭を押して、起こした。

——ちっこいメス犬が連れ去られた、とフラックはいった。

ベルはなかなか目を覚まさなかったが、やっと起きてアイナがいないことに気がつくと、すぐに危険を察知してフラックの言葉を理解した。

——どこに連れていかれたの？　とベル。

——さあね。兄貴が追いかけてった。そっちに案内するよ。

フラックがベルを案内した、というか、二匹でかけていった先は、公園のわきの通りだった。ブルーア・ストリート。丘の上にのびる道で、夜でも規則正しい動きがある。つまり、何台もの車が丘を走りぬけたかと思うと、ぴたりと何も通らなくなり、また走りぬける。斜面の中腹あたりの歩道に、フリックが街灯の光を受けて立っていた。そこは道の反対側で、足元の何かを見ている。

ベルとフラックが来たのを見て、フリックが声をかけた。

——ここにいるぞ。見えるか？　灯りの下にいるぞ。

ベルがそちらに目をやると、はっきりとはわからないが、街灯の下に、たしかに何かがいるのがわかった。目の前の道はふだんなら足を踏み入れるのも恐ろしい場所だったが、アイナのことが心配で、用心など頭から消えていた。だれよりも大好きなアイナのためなら、なんだってする。

フラックに言葉をかけられなければ、すぐさま走って道を渡っただろう。

——待て！　兄貴が丘のてっぺんに行って、あの光が変わって道を安全に渡れるようになったら、吠えて教えてくれる。

そこで、ベルはじりじりしながら、待った。その場で何度も飛びあがり、必死に道の反対側のアイナを見ようとする。

——今だ、行け、安全だ、とフラックがいった。

だがもちろん、安全ではなかった。フリックのタイミングは完璧だった。ベルは道の四分の一も渡らないうちに、タクシーにはねられて死んだ。

こうして、ベルとアイナの殺害は、計画通り終わった。

ベルはたしかに死んでいた。動かないベルを見て、通りの人間たちが声をあげている。フリックとフラックはすみかにもどった。二匹はマックスと協力してプリンスを殺し、すぐにアッテカスの元へ行ってマジヌーン殺しに加勢することになっていた。

何も難しいことなどないはずだった。マックスがプリンスを見張っていることになっている。そして、ちゃんとそうしていた。犬を犬とも思わない軽蔑すべき雑種に、噛みつかないでいるのはかなり難しかったのだが。マックスは（音をたてずにじりじりと）近づくと、プリンスからときおりもれるいびきや小さな鳴き声が聞こえるほどそばに伏せた。自分たちから逃れることなどできるはずがない。フリックとフラックがそっとすみかにもどり、マックスに加わる。プリンスをできるだけ手早く始末しようと、いよいよ身構える。ところが驚くべきことがわかった。三匹がプリンスだと思っていたものは、ただの服の山だったのだ。マックスは怒り狂った。逃げられるなど、絶対にありえない。寝息をずっと聞いていたのだ。おまえの命はもらったも同然、と考えて気をよくしていたのだ！　三匹はすみかのなかをうろついて、寝ている犬を見つけてはにおいをかいでいった。プリンスはどこにもいなかった。

だが、プリンスはみんなのなかにいた。

フリックたちにとってベルとアイナは簡単に片づいたが、ふたりの神にとっては簡単に片づかなかった。ヘルメスとアポロンはアイナの死体を見下ろし（フリックはネズミをしとめるときのようにあっさりアイナの首を折っていた）、それから道路の真ん中にあるベルの死体を見下ろした。

——二匹は死ぬとき幸せだった、とヘルメス。わたしの勝ちだ。

——いや、違う、とアポロン。小さいほうは恐怖を感じていたし、大きいほうは友のために気が動転していた。どちらも死ぬときは幸せではなかった。

——それはずるい、とヘルメス。かりに、二匹の最期の瞬間は幸せではなかったとしよう。それでも、どちらも殺される前に、あれほどの友情を初めて知ったのだ。知性を与えられたにもかかわらず、二匹は幸せだった。

——その点は認める、とアポロンはいった。だが、死ぬ瞬間が重要だといったのは、おまえのほうだぞ。一匹でも、死ぬときに幸せだったら、おまえの勝ちということに決めたはずだ。二匹は死ぬとき、幸せではなかった。ということは、おまえの勝ちときまったわけじゃない。だがヘルメス、わたしは卑怯《ひきょう》な手を使ったといわれたくないし、おまえに父上のところへ行ってごねられてはかなわない。ひとつハンデをつけてやる。どう考えてもおまえの賭けの条件のほうが不利だからな。おまえはこの生き物たちに、生きているあいだに手を貸していいことにしよう。ただし一度だ。一度だけ。なんでも好きなことをしていい。ハンデをつける代わりに、賭けるものは倍だ。負けたほうは人間時間で二年、なんでもいうことをきくことにする。

——おまえは手を貸さないのか？

——なぜわたしが手を貸す？　とアポロン。この生き物たちはすでに、わたしが手の出しようがないほどみじめだ。幸福な死を迎えられそうな犬は一匹もいない。だが、約束したほうが安心というなら、そうしよう。わたしが直接手を貸すことはない。

——よし、決まりだ、とヘルメス。

　こうして、フリックとフラックがベルとアイナの殺害からもどってくるまでのあいだ、プリンスはとても奇妙な夢を見た。始まりは、なかなかよかった。プリンスは、アルバータ州ロルストンの最初の主人の家にいた。自分のにおいがしみついている家、自分のおもちゃが自分しか知らない並べ方で散らばっている家、ひびのひとつひとつを知っている家だ。プリンスは、キッチンに向かっていた。木の床を走るネズミの足音にひきよせられている。そのとき、見知らぬ犬が夢に入ってきた。全身真っ黒で、胸のところだけが目の覚めるような青だ。

――危険が迫っている、とその犬はいった。

プリンスが使う言葉をすらすらとしゃべっている。訛りはない。

――きれいな話し方だね、とプリンスはいった。きみはだれ?

――おまえには発音しづらいと思う、とその犬はいった。ヘルメスだ。おまえの種族ではない。わたしは、主人たちの主人。ここでおまえを死なせたくなくてやってきた。

――どこで? とプリンス。

そのとき突然、子ども時代の家が一気に遠のいた。気がつくとハイパークのすみかだった。ほかの犬たちと眠っている自分がいる。その姿を自分が見下ろしている。ヘルメスが指さしたので、見ると、マックスが自分のそばに伏せていた。そこに、フリックとフラックがもどってきた。ヘルメスにうながされ、プリンスはベルとアイナが眠っていた場所も見た。

――でかいメス犬はどこだろう? とプリンスはたずねた。

――やつらに殺された、とヘルメスは答えた。ついでにおまえも殺す気だ。ここにとどまっていたらな。

――ぼくが何をしたっていうんだ。だれにも戦いを挑んだことがないのに。

――話し方が気に入らないのだよ。生きていたかったら、群れを出るしかない。

――だけど、ぼくのことをわかってくれる仲間がいなければ、生きている意味なんてない。

――おまえは命より言葉を選ぶのだろう？　考えてみるがいい。死んだら、おまえのその話し方もいっしょに死ぬのだぞ。さあ、起きろ、プリンス。わたしがここにいるあいだは、だれにもおまえの姿は見えないし、おまえの声は聞こえない。ただ、あまり時間がない。さあ。

それからは、プリンスの生涯でもっとも奇妙な幕間の時間になった。起きているのか夢を見ているのかわからなかったが、見知らぬ犬が口にしたのは、プリンスの秘密の名前だった。最初の主人が使った名前、プリンスだ。夢のなかで、プリンスはすみかのなかで起きあがった。だが同時に、自分の起きあがる姿をヘルメスと見守ってもいた。フリック、フラック、マックスが、自分を探してうろうろしているのが見える。三匹が自分の前を通り過ぎる。わきを通り過ぎる。自分の体を通りぬけていく。ここにいるよ、と吠えて教えたくてたまらなかった。まるでゲームだ。しかし、プリンスは吠えなかった。ヘルメスについてすみかを出て、ハイパークのなかを歩きだした。すると突然、はっきりと目が覚めて、ヘルメスは消えた。

まだ夢を見ているんだ、とプリンスは思った。自分をちょっと見てこよう、と考えた。まだ林のなかの、噛み心地のいいお気に入りの靴の隣で自分が眠っているか、ちょっと確かめてこよう。

ところが、すみかにもどりかけたとき、マックスとフリックとフラックが飛びだしてきた。プリンスはぱっと身を伏せた。耳を寝かせ、しっぽはしっかり脚のあいだにたくしこむ。三匹は、プリンスに気づかず走っていった。殺気を発しながらかけていく。はっきりわかった。これが夢であろうとなかろうと、ヘルメスがいっていたことは本当だ。三匹は自分を殺すつもりだ。プリンスは、自分の姿が見えないことを確信すると、かけだした。プリンスの流浪の旅は、パニックと恐怖と暗闇のなかで始まった。

林を飛びだした三匹は、アッテカスを探した。いっしょにマジヌーンに襲いかかることになっていたのだ。プリンスにいきなり姿を消されて逆上したマックス、フリック、フラックは、マジヌーンを噛み殺すことしか考えられなくなっていた。アッテカスには、池にいる、といわれていた。三匹は猛然と走った。発情期のメス犬にのしかかろうとするときのように。

アッテカスはマジヌーンと時を過ごしながら、苦々しく思っていた。マジヌーンのいうことは理解できるし、死なせるのは惜しい。別の状況だったら、喜んで群れに迎えたかもしれない。だが、こうなってしまった。アッテカスはさっきからずっと、これから起こることへの言い訳をこっそり自分にしていた。群れはひとつにまとまることが必要だ。まとまるということは、全員が世界を同じように理解するということだ。世界が大げさなら、少なくとも、群れの掟を。黒いやつは新しい考え方を、新しい言葉を、受け入れている。そんなやつは犬じゃない。

――なあ、黒いの、とアッテカスがいった。犬社会に属する以上にすばらしいことなんて、ないよな。

――ないと思う、とマジヌーン。

――だが、おれはときどき恐ろしくなるんだ。もう二度と、そういう気持ちになれないんじゃないか、もう二度と、犬のなかで犬でいるっていうのがどんなことなのか、わからないんじゃないか、とな。おまえの考え方でいくと、そういうのは、果てしない不毛な原っぱってとこか。変化が来て以来ずっと、おれは望んでもいない考えにつきまとわれている。

――わかるよ、とマジヌーンはいった。おれも同じだ。だが、おれたちは耐えなきゃならない。頭のなかのものから逃れることは、できないんだから。

――そいつは違う、とアッテカスはいいかえした。ほかの連中といっしょにいれば、自分から逃れられる。ほかに道はない。おれたちは、以前のやり方にもどらなけりゃならないんだ。

――以前のやり方を見つけられるならな、とマジヌーン。

そのとき、フリック、フラック、マックスがやってきた。マックスがいった。

――でかいメス犬が死んだ。

――何があった？　とマジヌーン。

——襲われたんだ、ほかの群れに。まだおれたちのすみかのそばにいる。

——何匹なんだ？

——何匹もいる、とマックス。だが、おれたちほど大きくはない。

——すみかを守ろう、とアッテカスがいった。

フリックとフラックがかけだし、マジヌーンが続く。その両わきをマックスとアッテカスがはさむ。林まであと少しのところで、突然、なんの前触れもなくフリックとフラックが回れ右をしてマジヌーンに襲いかかった。マックスとアッテカスもすぐに加勢する。四匹は、迅速で無慈悲だった。マジヌーンはどこかに逃げこもうとしたが、捕まった。四匹がいっせいに嚙みつく。歯がわき腹、首、脚の腱、胃、性器を襲う。日中なら、マジヌーンの血を見て、この共犯の四匹は大喜びしたかもしれない。そしていっそう興奮しただろう。殺しによって放出されたアドレナリンと血の味にすっかり酔いしれて。

日中なら、そしてあとほんの少し冷静だったなら、マジヌーンを確実にしとめていたかもしれない。だが実際には、抵抗しなくなり、痙攣《けいれん》が止まるまで攻撃すると、四匹は瀕死《ひんし》のマジヌーンを放置して林へもどっていった。新しい暮らしを始めるために。なんとしても以前の暮らしにもどるために。

2　マジヌーンとベンジー

目が覚めると、マジヌーンはピーナッツバターと焼いたレバーのにおいがする家にいた。分厚いオレンジ色の毛布を敷いたバスケットのなかだ。毛布から、人間と石鹸《せっけん》と何か甘いにおいがする。体を動かそうとしたが、できなかった。全身痛くてたまらず、ろくに体を動かせない。腹部の毛は剃られ、白い包帯を巻かれていた。そこからオイルと松とよくわからないもののにおいがした。顔がかゆかったが、頭がプラスチックの円錐におおわれていた。円錐のとがっている部分は切り取られていて、首のまわりにはまり、広いほうがメガホンのように顔から外へ向かって開いている。顔をかきたくても、さわれなかった。脚は四本とも毛を剃られ、包帯を巻かれている。頭をあげて、自分のいる場所をよく見てみたが、どこかわからなかった。窓がいくつかある真っ白の部屋。窓からは青くてまぶしい空しか見えない。

マジヌーンは攻撃されているあいだ（ふいに、そのときの生々しい痛みに襲われた）、自分が暗闇に落ちていくのを感じ、このままどこまでも落ちていくんだと思った。攻撃がやんだとき、死がちらっと頭をよぎり、いよいよ来たのかと思った。だが、この白い部屋にいるということは、まだ生きているらしい。そして意外なことに、マジヌーンはがっかりした。あんなことが起こったあと、生きていてなんの意味がある？

自分のいる場所がどこなのか知りたくて、頭をさらに持ちあげた。吠えようとしたものの、小さなかすれた音がもれただけで、痛くて声も出ない。それでも、できるだけ慎重に吠えてみた。

後ろから、重い足音が近づいてきた。

——気がついたぞ、という声がした。

それから、男の顔が部屋の光をさえぎった。

——気分はどうだ？　と男がきいた。

続いて、男の顔を押しのけて、女の顔がマジヌーンの視界に入ってきた。

——ほんとによかった！　運がいいわよね！　このラッキーくんはだあれ？　だれかな？

——当分は起きあがれないだろうな、と男。腹が減ってるんじゃないか？　ちょうだいっていってる気がする。

「ちょうだい」なら、よく知っている。自分たちの群れの言葉を使って、舌を鳴らし、鼻を鳴らしてから、その言葉を弱々しく吠えた。たくさんちょうだい、の意味だ。

——体じゅう痛いでしょ。興奮しないようにね、と女がいった。

そして、男に話しかけた。

――体が弱っていて、食べられないんじゃない？

――そうかもな、と男。けど、見てみよう。

男は部屋を出ると、皿を持ってもどってきた。ライスと細かく切った鶏のレバーがのっている。男はマジヌーンの前に皿を置くと（うまそうなにおい！）、プラスチックの円錐を外してじっと見た。マジヌーンは恐る恐る皿に近づくと、すわることもせず、横から舌でぺろりと食べ物を口に運んだ。

――わたしの間違いだったみたい。お腹が空いてるのね。

――名前をつけないか？

――うちで飼うってこと？

――いいだろう？　元気になったら、昼間、きみのいい相手になるよ。

――決まりね。じゃあ、ロード・ジム〔一九〇〇年刊行のイギリスの作家ジョゼフ・コンラッドによる長編小説。客を捨て難破船を逃れた航海士ジムの人生を描く〕は？

――世界一つまらない本のタイトル？

――本のタイトルにするなら、ゴールデン・ボウル〔一九〇四年刊行のアメリカの作家ヘンリー・ジェイムズによる長編小説。黄金の杯の意。結婚と姦通を扱っている〕がいいかな。

人間の発する音を聞きながら、マジヌーンはその音が予想外に重要だったことを思い出した。

家族と住んでいたころ、主人たちはいろんな音を発したものだった。そして、その音はどれもマジヌーンとまったく関係のないものばかりだった。だがやがて、無意味な音の霧のなかから、意味のある音が出てきた。たとえば、名前。呼ばれると、あとで食べようと思って残しておいた餌《えさ》を取りあげられた。たとえば、玄関のベルとそれにつづくだれかの大きな声。すると、なわばりに侵入されるのを気にするのが明らかに自分だけのときは、侵入者が絶対に主人たちに服従して危害を加えないよう、吠えるか、飛びかかるかしなければならなかった。

マジヌーンはライスとレバーを食べながら、人間から目をそらさなかった。皿を取りあげようと手がのびてきたら、急いで平らげないといけない。

——いい食べっぷりね！　と女がいった。いい子！

食べおわると疲れて、マジヌーンはバスケットのなかでぐったりした。男に、臭いネトネトを塗られても、円錐をまたつけられても、おとなしく従った。人間たちがいなくなる前に、マジヌーンは眠っていた。

半年が過ぎ、マジヌーンは数分以上立っていられるようになった。だがそのころでもまだ、腱に深い傷を負った後ろ足の片方は使い物にならなかった。長いこと、基本的に三本の脚で動いていた。糞や尿を外でできないのも屈辱だった。そのうえパンツをはかされた。パンツは定期的に替えてもらえたが、毎回替えてほしいときにすぐ、というわけにはいかなかった。

回復するまでの何か月ものあいだ、ほとんど何もできず、ただバスケットに横たわり、生について考えていた。自分の生。生涯のことだ。ただ、考えるのはつらかった。どうしても裏切られた晩のことを思い出してしまう。裏切ったのは、くしゃっとした顔の犬だ。マジヌーンはそいつに自分の考えや気持ちを話し、兄弟愛のような気持ちから、苦心して自分の思いを伝えた。ところがそのお返しに、そいつは仲間といっしょにマジヌーンを殺そうとした。だが、それでもマジヌーンには、彼らが自分を攻撃したのは正しかったように思えるときもあった。マジヌーンはいつのまにか犬の本能から遠く離れてしまっていたため、犬として生きる価値があるのか、自分でさえはっきりわからなくなっていた。

何か月ものあいだ、ときどき浮かぶ、このつらい考えから気をそらしてくれた唯一の相手が人間だった。このふたりはマジヌーンを魅了し、同じくらい、いらつかせた。もしもマジヌーンが人間について説明するよういわれたら、どう語るだろう？　どこから始める？　たとえば、においの説明はどうだろうか。複雑。食べ物と汗のにおいに、よくわからないにおいが混ざっている。たいてい、独特ないろんなもののにおいがしているが、マジヌーンがいちばん好きなのは、交尾のときのにおいだ。鋭い、ありのままの、心地いいにおい。交尾があった晩、マジヌーンはふたりにバスケットごと寝室に運びこまれると、いつも以上に安らかに眠れる。ふたりの交尾のにおいが精神安定剤になった。

その後、マジヌーンは人間の言葉を次第に身につけ、基礎の次の段階に進んだ。まず、声の調子の微妙な違いをつかんだ。たとえば、だれかに話しかけるとき、最後に尻上がりの調子で終わったら、それは何かを期待しているということだ。だから、話しかけられた相手は、言葉を返す。声の調子は言葉そのものよりも重要に思えた。また、人間が尻上がりの調子でマジヌーンに話しかけるときは、いつも少し変な感じがあった。返事を待っているような、理解するのを期待しているような感じなのだ。

――ジム、お腹空いたの?

――ジム、外に行きたいの?

――ジミー、寒い? ロード・ジム、寒いの?

だが、マジヌーンが声の調子に強い興味を抱いたせいで、人間の女とのあいだに初めて深刻な問題が起きてしまった。マジヌーンは、ほとんどの時間を女のほうと過ごしていた。女はマジヌーンといることを気に入っているようで、バスケットをベッドのある部屋から大きな机のある部屋へ持っていった。ふだんは何時間も机のところにいて、立ちあがるのは、のびをするか、マジヌーンに話しかけるか、キッチンからカップを取ってくるときだけだ。ある日、女が机から立ちあがり、のびをして、バスケットまでふらふらやってきて、マジヌーンの頭をかいていった。

――ジム、お腹空いた？　おやつ、ちょうだい？

マジヌーンは考えてから答えた。

――イエス。

「イエス」という音を作るのは難しかったが、「ノー」やほかの重要ないくつかの言葉といっしょに何度もひとりで練習していた。同意を示すためにうなずくことと、異議を示すために首を左右にふることも、練習していた。だから、おやつのことをきかれたとき、どっちのほうが伝わるか迷った。同意を示してうなずくか、「イエス」というか。けっきょく「イエス」といったもの の、そのあともまだ、少しのあいだ、これでよかったのかと悩んだ。というのも、女が動かなくなり、マジヌーンをまじまじと見つめたからだ。その反応に戸惑ったマジヌーンは、女の目をのぞきこむと、うなずいて、またいった。

――イエス。

女は息遣いが荒くなり、次の瞬間、床に倒れた。それから少しの間、動かなかった。ここで自分が何をするべきか、マジヌーンにはよくわからなかった。なにしろ、人間が急に動かなくなるという事態は、初めてだったのだ。頭をさげて、自分の足先の毛をなめると、しばらく様子を見ることにした。少しして、女がもぞもぞ動きだした。何かつぶやいている。それから起きあがった。たぶん、こっちのいったことがわかっているか自信がないんだろう、とマジヌーンは思った。

だから、女を見上げてうなずくと、いった。

――おやつ。

女は悲鳴をあげて、部屋から逃げだした。マジヌーンが単純だと思っていたこと、つまり、尻上がりの声の調子と正しい返事の組み合わせは、想像以上に複雑なやりとりであることがわかった。男が「イエス」や「おやつ」といったときに、女が男から逃げださなかったのは確かなのだ。たぶん、言葉をいうとき、ちょっとした音も足さないといけなかったんだ、とマジヌーンは思った。舌を鳴らすとか、鼻を鳴らすとか、小さくうなるとか。だが、男がそんな音を発するのを聞いた記憶はなかった。たいてい、男は女の肩に腕をまわしながら話す。ということは、「イエス」というには、女をさわってからじゃないといけないのか。

次は、女がしゃがんだとき、肩にさわってみよう、とマジヌーンは思った。

ところが、そのあとに待ち構えていたのは、あまりにもひどい現実で、「次」の機会は当分来そうになかった。マジヌーンがしゃべったことで、どうなったのか。女はマジヌーンを怖がるようになった。同じ部屋には入ろうとしない。そこで、男はマジヌーンをある場所へ連れていき、そこに預けた。次の日、マジヌーンは、つつかれたり押されたり針を刺されたりしたあと、変な味の餌を与えられ、ケージに入れられ、観察された（横にはほかの犬もいて、マジヌーンのにおいにどんどん攻撃的になった）。いかにも人間らしい仕打ち。こんなふうに予測不能で、こんなに残酷なことをしていじめるのだ。そのうえ、体はまだ弱っていたので、自分ではケージの扉を開けられない。運命に従うしかなかった。

予想外ではあったが、これはいい教訓になった。もしもマジヌーンが猫やリス、ネズミや鳥の言葉がわかったなら、きっとそうした動物たちと意思の疎通をはかろうとしただろう。可能なら、どんな種族とでもそうしたかもしれない。だが、そのときから、人間の言葉がわかることは人間から隠そうと決めた。どんな理由があろうと、人間は犬に話しかけられることを受け入れられないのが、はっきりしたからだ。

三日目、女がマジヌーンの元にもどってきた。

マジヌーンがうとうと眠りはじめ、ほかの犬も、マジヌーンを脅すのに飽きたころだった。部屋の扉が開いて、男にともなわれて女が入ってきた。男は、マジヌーンを押さえつけた人間のひとりで、そのとき、マジヌーンは白い服を着た男に血を少しとられた。男がケージの扉を開ける。マジヌーンは不安がないわけではなかったが、女について外へ出た。

通りに出ると、マジヌーンの頭に、急いで逃げなければ、という考えが浮かんだ。夜が誘っている。春は終わろうとしていた。日は完全には沈んでいない。遠くの建物を赤い線が縁どっている。だがもちろん、まだ傷が癒えていないし、走ると痛みに襲われる。逃げるのは難しい。長時間走ることができず、疲れて捕まるか、最悪、知らないなわばりに迷いこんでしまうだろう。だから、マジヌーンは車の後部座席にのぼった。

ところが女は運転席に向かわず、マジヌーンの隣に乗りこんできた。

――あんなところに入れてごめんなさい、と女はいった。でも、怖かったの。わかる?

マジヌーンは、これから何があろうと受け入れるつもりではいたが、人間の言葉は絶対に話さないと決めていたので、ただうなずいた。

――あなたは何者? と女がきいた。犬なの?

とんでもなく難しい質問だった。マジヌーン自身、自分のことをあまり犬らしいと思えなくなっていた。犬と人間のあいだでふらふらしている感じなのだ。しかし、女のいいたいことは理解できたので、またうなずいた。

――わかってほしいんだけど、と女。犬は人間に話しかけないものなの。わたしの知るかぎり、絶対にね。だから、てっきりあなたに何かがとりついてると思った。それで怖かったの。あなた、名前は?

いうつもりはなかった。前の主人がくれた「マジヌーン」という名前が発音しにくかったから、というだけではない。話さないつもりだったから、というだけでもない。自分にはもう、本当の名前がないと感じていたからだ。マジヌーンは女をじっと見て、それから首を横にふった。

――わたしの名前はニラ、と女。あなたのことはジムって呼んでいい?

ありえない質問だった。ニラは何を知りたいんだろう。「ジム」という名前をマジヌーンが受け入れたかどうか？　それだったら、イエスだ。別にいやな理由はない。では、マジヌーンが、自分を指して「ジム」という名前が使われることで、いやな気持ちになるか？　その答えはノー。マジヌーンはニラをじっと見て、それから肯定を示すしぐさをした。うなずく。

——もう二度とわたしと話さないつもり？　とニラがきいた。

また難しい質問だ。人間の言葉を使うつもりはない。だが自分としては、今、ニラと話しているのだ。だから、今回は答えなかった。顔を背けて窓の外を見た。通りの向こうに街灯のついた公園がある。

——いいのいいの、とニラ。わたしが悪かったわ。話したくないなら、話さなくていい。

その後マジヌーンがふたたび話すようになるまで、いっしょにいるときにニラが、話して、ということは一度もなかった。それどころか、マジヌーンの沈黙に感心するようになった。マジヌーンはめったに吠えなかった。ニラが理解できない犬の言葉を使っても、無駄だとわかっていたからだ。うなずくか、首を横にふるかで、必要なことはすべて伝えられたし、考えていることもほとんどわかってもらえた。さらにふたりの距離が縮まると、ニラはマジヌーンのうなずきのしぐささえ必要なくなった。顔の表情、姿勢、首の傾きで、いいたいことを読みとるようになった。

とはいえ、ホンダのシビックの後部座席にいっしょにすわっていたときは、ふたりが「理解」

や「友情」らしきものを育むようになるかどうかは未知数だった。ニラはまだマジヌーンを怖がっていた。そう、見るからに脚を引きずっているマジヌーンのことをだ。途中で立ち止まったり、寝そべったりしなければ、あまり長く歩くこともできないというのに。この状態はニラの同情を買った。ハイパークで瀕死の状態で見つかったマジヌーンをニラたちが引き取ったのも、同じ理由からだ。しかし、知性を持った動物が家にいると思うと……自分の私生活のど真ん中といえる寝室に入れてしまったのだと思うと……怖いと同時に恥ずかしくもあった。ニラがこうした感情を乗り越えるまでには、かなりの時間がかかった。たとえば、マジヌーンを寝室で寝かせることは二度となかったし、マジヌーンが性器をなめているところに出くわすたびに、気まずく感じるようになってしまった。

ふたりに絆ができたのは、マジヌーンの無言が、いい沈黙だったおかげだ。洗練された沈黙。答えを誘う沈黙だった。最初のころ、ニラがマジヌーンに話すのは、些末《さまつ》なことばかりだった。仕事や家のリノベーションのこと、夫ミゲールとの暮らしでのちょっとした愚痴。それが次第に深い話へ広がっていった。生と死についてどう考えているか。ほかの人間についてどう思っているか。自分の健康についての不安(ニラは癌《がん》を克服したのだが、ときどき、再発が恐ろしくてどうしようもなくなるのだ)。

ニラは、マジヌーンが知識の量や頭の回転の速さでは自分に及ばなくても、その知性をすばらしいと思っていた。それはマジヌーンがこの世界で独特な立ち位置にいることから得ているにちがいない。しかし、ニラはときどき忘れてしまうのだが、マジヌーンはその立ち位置にいるからこそ、ニラの気掛かりをなかなか想像したり理解したりできなくもあるのだ。たとえば、ニラは夫の愚痴をいう。ミゲールったら、ぜんぜんきちんとしてないの。気持ち悪い癖があるのよ。切った足の爪を噛むんだから。すると、マジヌーンはすっかり戸惑って、ニラを見るしかなくなってしまう。マジヌーンには、ミゲールはちゃんとグルーミングしている、としか思えないからだ。ニラはミゲールの足の爪を噛みたくてそんなことをいっているんだろうか、と首をかしげるしかなかった。

またあるとき、マジヌーンがバスケットのなかで寝ていると、ニラがたずねた。

——神を信じる?

マジヌーンがその言葉を聞いたのは初めてだった。質問をもう一度、というふうに首を傾げる。すると、ニラはその言葉の奥にある概念を、なんとか説明してくれた。解釈すると、それは「すべての主人たちの主人」のことらしい。そんな存在を信じるのか。考えたこともなかったが、そういう存在はいるかもしれないと思った。だから、ニラにその質問を繰り返されたとき、「イエス」の意味でうなずいた。だが、ニラがほしかった答えではなかった。

——そんな馬鹿げた存在をどうやったら信じられるっていうの? 神は自分と同じ犬だと思って

いるのね？

マジヌーンは神など信じていなかった。ただ、ニラが説明した「神」ならいるかもしれない、と思ったただけだ。常に発情しているメス犬はいるかもしれない、と思うのと同じだ。「すべての主人たちの主人」はただの思いつきで、そんな相手などマジヌーンは気にしたこともなかった。だから、ニラがどうしてそんなにひどいことをいうのか、わからなかった。ほかにも、話し合った言葉のなかで、似たような誤解をしているものがある。たとえば「政府」（群れがどうふるまうべきかを決める、主人たちの集まり）。「宗教」（すべての主人たちの主人に対して群れがどうふるまうべきかを決める、主人たちの集まり）。ニラがそのふたつについて話せば話すほど、マジヌーンはいよいよ信じられなくなっていった。目的や目標がどんなものであれ、主人たち（特に人間）が集まって、協調しながら行動できるとは思えない。だから聞けば聞くほど、「政府」も「宗教」も、ひどくまずい発想のような気がした。

そのうち、マジヌーンとニラは両方にとって、最高にいら立たしい問題にぶつかった。ほかの犬を愛したことはある？　とニラがきいたのだ。「神」と同じように、「愛」という言葉がどういう意味なのか、マジヌーンにはまったくわからなかった。ニラは数日かけて、この言葉が意味する感覚を伝えようとがんばった。だが、マジヌーンにはニラの説明が矛盾していて、いら立たしく、あいまいにしか思えない。自分が思い出せる感情のなかに「愛」と一致するものはなかった。

それでもニラの考えは興味をそそり、マジヌーンは耳を傾けた。一方、ニラはというと、マジヌーンほど感覚の鋭い動物なら、愛を感じたことがあるにちがいないと確信していた。

――あなたのお母さんに対する気持ち、とニラはいった。それも、「愛」の種類のひとつよ。

だが、マジヌーンは母親のことを覚えていたとしても、いっしょにいた時間は短く、特別な感情など思い出しようがなかった。ほかに、マジヌーンの愛の対象になりそうな存在もいない。元の主人？　主人はあくまでも主人であり、主人とは、習慣や恐れや必要から従うものだ。たしかに、マジヌーンは子犬だったころ、楽しく過ごした。主人には感謝している。主人のことを考えると、草がまばらに生えた原っぱでボールを投げてもらって追いかけたときに何度も経験した、楽しくてたまらない気持ち、言葉にしがたい喜びがよみがえる。だが、主人に関していえば、マジヌーンの気持ちは「愛」よりもずっと複雑でずっと暗かった。憤りや嫌悪の感情も含んでいるのだ。やはり、マジヌーンが主人への気持ちを人間の言葉にするとしたら、「忠誠」を選んだだろう。（それは名づけようのない感情だったが、その気持ちからすると、マジヌーンはニラにジムと呼ばれるより、元の主人に与えられたマジヌーンという名前で呼ばれるほうが、しっくりきそうだった。）

マジヌーンはほかの犬に対しては、ニラが説明しようとした「愛」はもちろん、「忠誠」のような複雑な気持ちも抱いたことはなかった。マジヌーンに関するかぎり、ほかの犬との関係は、たいてい複雑ではない。犬には、服従させることができる犬と、できない犬がいるだけ。こちらの気持ちに反して、ほかの犬が噛みついてくるかマウンティングしてきたら、気持ちをはっきりと、伝わりやすくするのがいちばんだった。

少しして、マジヌーンにもやっとわかった。「愛」というとき、ニラが話しているのは、それまでずっとマジヌーンの考えが及ばなかったものであり、これからも及ばないものなのだ。ある日、ニラがいった。

――ミゲールはわたしにとって、交わりの相手なの。わたしは彼を愛している。

マジヌーンは質問されることに飽きていたので、興味が持てなかった。だから続けてニラに「わかる?」ときかれたとき、「愛」についての質問を止めてもらうために、「イエス」の意味でうなずいた。しかし、ニラもマジヌーンも、それは嘘だとわかっていた。(嘘をつくのが、マジヌーンは下手だった。そういうときは、つい熱をこめてしまうのだ。)おかげで、愛の話題はふたりにとってデリケートな問題になった。

こうした「愛」についての気まずいやりとりに至るまでに、すでに八か月の歳月と千もの会話をへていた。ニラはマジヌーンの好きな食べ物を覚えたし、マジヌーンはニラが仕事をしているとき邪魔をしないほうがいいことを覚え、掃除をしているときには可能なかぎり手伝った。物の置き場所を覚えておいて、できるだけそこに運ぶ。ニラは、マジヌーンのお気に入りの噛んでいい犬用おもちゃを、常に楽しめるように保った。ぼろぼろで噛みごたえがなくなるたびに、新しいものに買い替えるのだ。簡単にまとめると、八か月をいっしょに過ごすうち、ニラとマジヌーンは友だちになっていた。

また、八か月後には、マジヌーンはあまり痛みを感じずに歩けるようになり、必要なら短距離くらいは全力で走れるようにもなった。いちばんひどい傷を負った脚の腱は、すっかり治っていた。ただし、その脚には全体重をかけないようにした。包帯は、とっくにとれていた。マックスに先を噛みちぎられた右耳をのぞけば、見た目はほぼ普通のプードルになっていた。

傷もよくなったことだし、長めの散歩をしたらどうだ、とミゲールがニラにいった。ハイパークへ行っておいでよ、と。だが、もちろん、それはやっかいな提案だった。ニラはマジヌーンの感覚の鋭さをミゲールに隠さなかったし、ミゲールはニラとマジヌーンがふたり独特の会話をしているところを目撃していた。だが、犬が妻のいうことを理解して、妻も犬のいうことを理解しているといっても、深くわかりあっているわけではないと思っていた。せいぜい、犬は片手ほどの言葉を理解している程度でそれ以外の言葉には適当に首を縦か横にふっているだけだろう。ニラが初めてミゲールに、犬が話しかけてきたの、と（震えながら）いったとき、ミゲールは声をあげて笑った。笑わずにいられなかった。だから密かに思った。この「犬と人間が意思の疎通をはかれる」件は、ニラが「グラノーララとウィッカ〔女神崇拝の宗教〕」に夢中になっているのと同じだ。メアリー・デイリー〔哲学者、神学者、フェミニスト。レズビアンであることを公表していた〕の本を読んで、自分がレズビアンかどうかを試し、自分のアソコの神聖性について語りたがるのと同じだろう。たしかに、あの犬は賢いが、人間の賢さとは違う。記憶力も話す能力もないんだから。そんなわけでミゲールは、マジヌーンがハイパークに対して気持ちの面で複雑なものを抱えているなどとは、少しも思い至らなかった。

ハイパークにまつわる複雑な問題には、細かいことも含まれていた。そのいくつかは、気が重くなるもので、その最たるものが、リードだった。ニラは頭を抱えてしまった。基本的に公園は全体が、リードをつけずに犬を連れ歩いてはいけないことになっているのだ。だがマジヌーンを、そう、犬のように扱ってリードを引いて歩くなどとんでもないと思った。一方、マジヌーン自身はというと、特に意見はなかった。首輪をつけられても屈辱は感じない。ただ、攻撃的な犬が来たときに立ち向かえないのが不利なことははっきりわかっている。そんなわけで、マジヌーンは緑の革の首輪に細い糸で縫いつけたリードを使うことになった。それなら少しジャンプしただけで糸が切れて、マジヌーンは一歩もゆずらず、攻撃に対抗できる。

（リードの根本的な問題点は、もちろん、それを使うことで上下関係ができることだ。ニラはマジヌーンの上に立つと考えると居心地が悪かったし、そう見えるのもいやだった。ある日、ニラはマジヌーンに、あなたがわたしにリードをつけるのはどう？　立場を逆転させるの、といってみた。マジヌーンは「ノー」と伝え、ニラはいっそう居心地悪さを感じた。だがじつは、マジ

ヌーンはニラの質問を間違って解釈していたのだ。もしもニラが
──主人は、服従させる相手をリードと首輪でつなぐものなの。あなたが主人なら、わたしをリードでつなぐ？
ときいたなら、マジヌーンは躊躇せず、「イエス」と伝えただろう。ニラがマジヌーンに服従するなら、当然、しきたりにしたがってニラにリードをつける。群れの秩序は、しきたりを守ることで維持されるのだから。マジヌーンにとって、正しく機能しているしきたりをひっくり返すことなど、意味がない。とはいえ、ニラの質問については、もっと現実的にとらえていた。自分が口にリードをくわえ、ニラが手足を地面につけて歩くなど、みっともなくてしょうがないと思ったのだ。そのように質問を理解したために、答えは「ノー」しかありえなかった。
もうひとつの細かい複雑な問題は、人間に関係していた。公園に来る人間はさまざまだ。いろんな地位や人種や性別の人が来る。マジヌーンはその物腰から人目を引いてしまう。そのため、ニラはいろんな人に、なでていいですか、おやつをあげていいですか、ときかれた（おやつは固いビスケットで、たいてい、マジヌーンには味がぼんやりしていて甘かった）。そうした人間の愛情表現を、マジヌーンは気にしないだろうとニラは思っていた。だからマジヌーンが、自分にさわっていい人を厳しく選別するとわかったときには心底驚いた。そういうとき、ニラは
──いいえ、食べないので。

とか

——どうぞ。さわってもいいみたいです。

と答えることになった。

最初の数人に対して、マジヌーンはじっと立ってされるがままでいたが、そのあと、どういうわけか、もう十分だと決めてしまった。中年の女が近づいてきて、なでていいかしら、ときいたとき、「ノー」と首を横にふった。女が近づいてきても、よけてさわらせようとしない。

——すみません、とニラがいった。

女が去っていったので、ニラはマジヌーンにいった。

——いやだったなんて、知らなかった。さわられるの、嫌い？

マジヌーンはうなずいて、いつも通り、それで終わりにした。だが、嫌いと答えたものの、じつはそうではなかった。以後、マジヌーンは自分にふれていい人を自分で決めるようになった。うなずいたときは、ふれられる用意をする。首を横にふったときは、用意しない。

ニラがきかれた。

——あなたの犬、なでていいですか？

ニラは答えた。

——直接ご自分できいてみてください。

そこでマジヌーンは質問されると、「イエス」とうなずく。すると、その見知らぬ人は喜んで、それからたずねた。

――この芸、どうやって教えたんですか？

あるいはマジヌーンが「ノー」と首を横にふる。すると、その見知らぬ人はやはり喜んで、同じことをたずねた。

――この芸、どうやって教えたんですか？

どちらに対しても、ニラは肩をすくめてみせた。

マジヌーンがイエスとノーの相手をどう区別しているのかわからなかったので、適当に選んでいるんだろう、とニラは思った。だが適当ではなかった。ただ、マジヌーンの基準がニラの理解を超えていただけだ。第一に、マジヌーンは、いやなにおいのする人間を拒んでいた。これは人間でいうと、手が糞《くそ》まみれの相手に握手を求められるようなものだ。第二に、これはもう少しあいまいなのだが、上下関係だった。マジヌーンは群れのなかでは比較的上の立場にいたため、すぐにぴんときた。たとえば、マジヌーンが初めてふれられるのを拒否した中年の女のように、だれかがニラに対して偉そうにふるまうと、即座にわかるのだ。中年女の声の調子や強さや抑揚のなかにそれを見た。自分の群れ（マジヌーン自身とミゲールとニラ）の外の生き物がニラより格付けが上ではないのに、うっかりだろうが無意識だろうが、ニラを下に見ていたら、さわられるのを拒んだ。

しかし、ハイパークに関して何より複雑な問題は、マジヌーンの身に起きたことにあった。ハイパークはマジヌーンが死にかけた場所なのだ。だから当然、ニラはいっしょにハイパークに出かける前、行きたいかどうかをマジヌーンにたずねた。「ハイパーク」という名前を聞いても、マジヌーンが何も反応しなかったので、ニラはしっかり説明した。そこはミゲールとわたしが瀕死のあなたを発見した場所なのよ、と。そこへ行くことで、マジヌーンのトラウマが呼びおこされないか、ニラは心配していた。だがマジヌーンはもう一度行きたがった。そこでふたりはいっしょに出かけたのだが、マジヌーン自身も驚いた。ひどい苦痛に襲われたのだ。死にかけた記憶は屈辱だったし、恐怖そのものでもあった。ニラは、マジヌーンを発見した場所を必ず避けて通ったが、そんなことでは変わらなかった。マジヌーンはハイパークという公園をよく知っていた。におい、草、丘、噴水、道、動物園、レストラン、ごみ箱。そして、かつての自分のなわばりを歩くと、心は切り裂かれた。

しかし、明らかに苦痛だったにもかかわらず、マジヌーンはハイパークにどうしても行かずにいられなかった。

ある日、ニラはマジヌーンの苦痛を和らげようと、別の公園トリニティ・ベルウッズへ連れていった。だが、マジヌーンはあたりを見回したあと、車にもどって、自分の行きたい場所へニラが連れていってくれるのを待った。ニラには伝えられなかったのだが、マジヌーンは自分のいた群れか、その生き残りを見つけなければと思っていたのだ。なぜかはわからなかったが、自分以外はみんな死んだかもしれないと思うと耐えられなかった。寂しい、というだけではすまない。圧倒的な孤独。マジヌーンは、ハイパークに行けば仲間に会うかもしれないと思うと、警戒心と希望が湧きあがった。

ついにマジヌーンは仲間に会うことができた。ベンジーだ。アッテカスの支配の元で生き残れるとはだれも思わないようなこの犬は、マジヌーンが思いも及ばないところで頭が回り、ずる賢かった。都合がいいとわかれば、いつでも嘘をつく。ご機嫌取りで、裏表があって自分本位、勘がよく、状況を素早く読み、争いではどちらに味方するのがいいか、瞬時に見極める。欠点はいろいろあるが、直感が正確に働き、ほとんど誤らなかった。

二匹の再会は、まったくの偶然だった。マジヌーンは人間とペット用の道を歩くのが好きではなかった。そこは、小高い丘のあいだにある窪地《くぼち》や狭い谷間を通る道で、犬はリードなしで走りまわっている。攻撃的な犬はマジヌーンに向かってかけてきて、いきなり襲いかかった。だが、マジヌーンは見事に応戦した。攻撃されれば容赦しない。アッテカス、マックス、フリック・フラック兄弟の教訓から学んだことだ。だから攻撃してきた犬をひどい目にあわせたことが何度もあった。たとえば、ロットワイラー。喉に思いきり嚙みついてやった。じっとすわっていたら、飛びかかってきたので、容赦なく下から攻撃した。ロットワイラーの主人がペットを守ろうと血相を変えてかけつけてきたが、そのころにはもう、ロットワイラーはおびただしい血を流し、呆然としていた。マジヌーンは、ニラたち主人が怒鳴りあっているのをよそに、油断なく警戒しながらニラの横にすわっていた。

ある意味、攻撃してくる犬はマジヌーンの役に立ってくれた。向かってくる犬など怖くなかったし、戦いのひとつひとつの勝ちが自信につながったからだ。だがそれでも、ほかの犬を傷つけるのは好きではなかった。だから、マジヌーンとニラは、犬にリードをつけなくていいエリアを避けるようにした。同じ群れにいた仲間も、リードをつけなくていいエリアを避けていたはずだ。犬にも人間にも注目されたくなかっただろうから。ところが、ベンジーとマジヌーンが再会したのは、川にかかるひとつ目の橋のそばで、その川はリードなしでいい道のわきを流れていた。

マジヌーンがそこに来たのは、単純なことだった。どこか遠いところの政府についてニラが話すのに耳を傾けていたときのことだ。季節は冬で（マジヌーンが助けられてから一年以上が過ぎていた）、世界のにおいは雪におおわれ、いくぶんあいまいになっていた。そのためマジヌーン（とニラ）は、知らないうちにその場所に入りこんでいた。一方、ベンジーは死に物狂いでそこに来た。短い脚で必死に逃げている。好戦的なダルメシアンに目をつけられたのだ。

先にマジヌーンを見つけたベンジーは、群れの共通の言葉で叫んだ。

――黒いの、黒いの、助けてくれ！

はっと顔をあげたマジヌーンに、ベンジーが転がるように斜面をかけおりてくるのが見えた。本能のままマジヌーンは、ビーグルのベンジーを助けに向かった。ニラはうろたえた。マジヌーンがビーグルをかばうようにダルメシアンの前に立ちはだかり、怒りで気がふれたかのように吠えたりうなったりしはじめたのだ。ダルメシアンのほうは、一瞬、マジヌーンに襲いかかろうとしたが、目の前の相手が、理解を超えたものであることに気がついた。ビーグルも黒いのも、犬の感じがしない。明らかに未知の犬だ。驚くほど潔く、ダルメシアンは来たばかりの丘をもどって逃げていった。

――ジム、とニラがいった。どういうこと？

マジヌーンはニラを無視した。逃げて息が切れているベンジーが落ち着くまで待ってから、声をかけた。

――おまえは、群れにいた耳長の小さい犬だな。

――ああ、そうだよ、とベンジー。きいてくれよ、黒いの。あれからずっと、ぼくは発情期のメス犬以上に、しょっちゅうマウンティングされてたんだ。

そういってから、ベンジーは話題を変えた。

——あんた、新しい主人を見つけたの？　ひどい人には見えないな。ぶったりする？

——いや、とマジヌーン。この人はいっしょに暮らしてる人間だ。ぶったりしない。

——じゃあ、ぼくたちと別れたあと、運がよかったんだ。あんたと、あの奇妙な話し方をする犬が、ぼくも連れていってくれたらよかったのに。

——おれは嚙まれて瀕死のまま、置き去りにされたんだ。好きで群れを出たんじゃない。

——なんだ、ぼくが考えた通りだ、とベンジー。ほかのやつらは、あんたとあのおかしなやつが出てったと思っていたけれど、ぼくは信じなかった。どうしてあの黒い犬が仲間を置いていくんだ、っていってやったよ。

——ほかの連中はどこにいる？

——その話は長くなる、とベンジー。腹も減ってるし。

ベンジーはニラをちらっと見た。次の瞬間、うれしそうに吠えて、雪の上でごろんと転がってから伏せをした。

——何をしてる？　とマジヌーンはきいた。

——人間が好きなことだよ、とベンジー。あんた、やらないの？　食べ物をもらうのに、いちばんの方法さ。

——ほかの連中はどこにいる？　とマジヌーンは繰り返した。

またベンジーがうれしそうに吠えて、雪の上で転げてみせる。

――やめろ、とマジヌーン。この人には通じない。おまえの……

ところがニラにはちゃんと通じたようだった。うっとりしたような目つきで、二匹を見ている。マジヌーンが本来の犬の言葉らしいものを発するところを、初めて聞いたのだ。舌を鳴らし、低くうなり、吠え声を出し、ため息やあくびの音を出す。ちんぷんかんぷんの言葉だった。意味がわかるのは、ベンジーがいたずらっぽく吠えて、雪の上で転がってみせたところだけ。それを見るとニラはマジヌーンの言葉をさえぎっていった。

――あなたの友だちはお腹が空いてるんじゃない？　友だちも連れてきて、しばらくうちでいっしょに過ごせば？　ここには食べ物を持ってきていないけど、うちにはたっぷりあるから。

マジヌーンは思わず、うんざりした表情を浮かべたが、ベンジーには伝えた。

――おれたちが住んでるところに食べ物がある、といっている。

――あんた、人間の言葉がわかるの？　とベンジー。教えてほしいなあ。もしも教えてくれるなら、ぼくも、群れについて知りたいことがあったら、なんでも教えるよ。

――よし、おれが知りたいことを教えろ。さもないと、おまえの頭を食いちぎってやる。

だが、マジヌーンは人間の言葉でも犬の言葉でも嘘が下手だったため、ベンジーには痛くもかゆくもなかった。嘘がうまいベンジーは、じつはアッテカス、マックス、フリック・フラック兄弟によってマジヌーンが始末されたのを見ていた。「死んだ」のを目撃していたので、マジヌーンのことが怖くなかった。四匹が力でこの黒い犬に勝てたなら、ぼくはほぼ確実に頭で勝てる、と思っていた。くしゃっとした顔の灰色の犬より明らかに劣るこいつなんかどうにでもできる。

ベンジーは喜んで、家に帰るニラとマジヌーンについていった。

そしてニラがライスと鶏のレバーを入れたボウルを置いたとたん、飛びついた。マジヌーンになんか少しもやるもんかといわんばかりに。ベンジーは何日もまともなものを食べていなかった。ブルーア・ストリートにいる人間たちにねだってもだめだったので、ハイパークにもどって、雪の下に食べかすがないか探し、ドッグランに近いレストランのあたりをちょこまか走るネズミまで捕った。

主人のいない犬にとって、冬はつらい。ひとりぼっちのベンジーは、家から家へと渡り歩き、引き取ってくれる人間を探しまわった。人間が（どうしてなのかはわからないが）犬にやってほしいと思っていることを、やってみせた。ごろんと転がったり、死んだふりをしたり、おすわりをしたり、（ベンジーには至難の業だったが）後ろ足で立ったり、餌をちょうだいのしぐさをしたり、たまに、人間の歌っぽい吠え声を披露したり。犬にとってそうした芸は、人間に知性があると信じるからこそ甘んじて行えるものといえる。しかし、ベンジーにとって人間といえば、住居や食べ物を作るのがうまい存在であり、それこそが、ベンジーが人間からもらいたいものだった。人間の言葉を覚えれば、もっと効率よく両方を与えてもらえることは明らかなのだ。

——あのさ、とベンジーは心ゆくまで食べて飲んだあといった。前からあんたがいちばん賢いって思ってたんだ。群れのリーダーがあんたを殺したいと思ったのは、きっとそのせいなんだよ。

——あのくしゃっとした顔の灰色の犬か、とマジヌーン。

リビングにはベンジーとマジヌーンしかいない。ニラはマジヌーンのプライベートを邪魔している気がして、少しのあいだ二匹だけにしようと部屋を出ていたのだ。リビングは明るい色のラグが敷いてあった。真紅と、きれいな麦わら色と、金色が使われている。アームチェアとソファ、暖炉そっくりのヒーター、通りに面したいくつかの窓もある。マジヌーンがソファにすわると、窓から外が見えた。

ベンジーはマジヌーンの質問を無視した。

——ぼくは驚かないよ、とベンジーはいった。あんたが人間との話し方を覚えてもね。それをちょっと教えてくれたら、あんたに服従する。

マジヌーンは窓の外の移りゆく世界を眺めていた。車、歩行者、犬。それに、いつも見かけるとついうなってしまう猫。あのみじめな弱々しい生き物を嫌っても、なんにもならないことはわかっていた。だが、自分でも抑えきれず、しょっちゅう（我ながらうんざりなのだが）すらりとした猫の姿が見えると吠えたくてしかたがなくなる。ベンジーが「教えて」といったとき、ちょうど家のそばを猫が通った。思わず、マジヌーンはうなってしまった。その声が自分に向けられたと思ったベンジーがいった。

――ぼくは無実だよ。あんたに悪いことなんてしてないから。

マジヌーンはソファをおりて、つい気をとられてしまう窓から離れていった。

――ほかの連中の居場所を教えれば、人間の言葉を教えてやる。

――ほかの連中は、とベンジーがいった。死んだ。ぼくは群れの最後の生き残りだと思う。

群れに何が起こったのかを隠す必要などなかったが、ベンジーは話しすぎないようにした。ひとつには、群れが壊滅したのは自分のせいだったからだ。マジヌーンに知られたら、どうなるかわからない。そこでマジヌーンに伝えるときには、自分の罪にあたりそうな子細は省き、自分がよく見えるように脚色してあちこちに小さな嘘をまじえて話した。だが、言わない部分や飾りの部分を作ったからといって、アッテカスの支配の真相はほぼそのままだった。実際、ベンジーは本当のことをいっていた。

アイナが殺されたとき、ベンジーは起きていた。フリックがアイナの死体を運び去るのを見たし、フラックがベルを起こして連れだしていく様子もしっかり見届けていた。ベルの運命がどうなるかは、あまり考えなくてもわかる。ベンジーは二匹の死を見て、今すぐ決めなければならないと考えた。とどまるべきか、去るべきか。フリックとフラックが気まぐれにだれかを殺しているとしたら、ぼくが殺されないと、どうしていえる？　フリックたちにとってぼくは、アイナよりさらに少し目障りだろう。といっても、群れを出るのは怖い。守ってくれる大きい犬がいなくなったら、どうなる？　主人を見つけるしかなさそうだ。人間は危険なので、選びたくはないのだけれど。

アイナが殺された夜にもうひとつわかったことがあった。群れには共犯の仲間がいるということだ。フリック、フラック、マックス、アッテカスは前から怪しい動きをしていて、ときどき四匹で集まっていた。だから、フリックが出ていき、つづいてフラックも去ると、ベンジーはマックスが寝ているところを見た。そして待った。待っていると、プリンスが奇妙な消え方をして、それが密かな騒ぎになり、もどってきたフリック、フラック、マックスが、すみかのなかを探しまわった。やがて三匹がすみかを出たので、ベンジーは追いかけた。林から少し離れた一本の木まで走ると、陰に隠れた。そこなら安全を確保できるくらいすみかから離れていたし、行き来する犬が見えるくらいは近い。ベンジーが恐ろしい声や音を聞いたのは、そこからだった。そして声や音を聞いて、マジヌーンが襲われているのがわかった。

ベンジーにとって謎が深まった。共犯者が襲ったのは、マジヌーン、ベル、アイナ、プリンスだ。わけがわからない。消された四匹にどんなつながりがある？　ベンジーにとってさらに重要なのは、この事態における自分の立場だった。やられた四匹と自分には共通点があるだろうか。それとも、自分は共犯のグループとつながっているのか。

グループが林にもどっていったので、ベンジーはマジヌーンの死体を調べにいった。そして、どう見ても死んでいるのを自分の目で確かめると、その死骸と思われるものに放尿した。この凶行と自分のにおいが結びつけば、仲間から一目置かれるようになるかもしれないからだ。そのあと、ベンジーはまだどうしたらいいかよくわからなかった。ただ、必要なら逃げる自信もある。そこで、林にもどってみると、驚いたことに、群れの犬はみんな眠っていた。ベンジーは恐る恐る自分の場所へ行き、朝までそこにじっとしていた。

次の日、夜明けとともに新しい秩序がスタートした。群れの犬たちは早くから起きだした。そのうちの二匹、ボビーとドギーは、わけのわからない変化を感じて戸惑った。

——大きいメス犬はどこ？　とボビーがたずねた。

アッテカスがあくびをして、これみよがしに口を閉じ、吠え声をあげる。すると、それを合図にフリック・フラック兄弟が、ボギー、ドギー、ベンジーをアッテカスのほうへ鼻で押しやった。

——これは、おれがこのくだらない話し方でいう最後の言葉だ、とアッテカスがいった。おれたちといっしょにいたくないやつらは、群れから追放した。でかいメス犬は死んだ。死骸は人間が持っていった。今からおれがこの群れのリーダーだ。反対するやつは？

――すばらしいリーダーになると思う、とベンジーはいった。

――すばらしかろうが、そうじゃなかろうが、おれがリーダーだ。群れを出たいやつは、出ていけ。残るものはまともに暮らせるぞ。犬らしくな。扉や木を表す言葉はいらない。時間や丘や星について話す必要はない。前はそんなことを話したりしなかった。おれたちの祖先はこんな言葉がなくてもうまくやっていた。今後、以前の言葉以外の言葉を話した者には、罰を与える。群れから追い出す。なわばりを守るためだ。そういうやつ以外なら、何も心配しなくていい。

――でも、自分のなかに出てくる言葉を止めることはできないわ、とボビー。

――それはだれにも止められない、とアッテカス。言葉は自分のなかにとどめておけ。

――うっかり口から出ちゃったら？　とドギー。

――罰を与える、とアッテカス。

なぜかはわからないが、こういう状況になると、犬は自由に意見を述べる。ベンジーは、すべてを理解しようと頭をフル回転させていた。話したら、どんな罰をくらうんだろう？　自分たちしかいないときに話すことだってあるかもしれないのに、そいつらをアッテカスはどうやって止めるんだ？　そもそも、どうして使っちゃだめなんだ？　新しい言葉を使えば、ほかの犬にできないことができるのに。だけどやっぱり、権力者はみんな同じだ。おしっこをしたといってぶつ人間も、犬は話すなといって脅してくるアッテカスも。力のあるやつには好きなようにさせておくのがいちばんだ。そのすきに、こっちが利用できそうなことを見つければいい。

だが明らかに、茶色のメス犬ボビーはベンジーのようには考えていなかった。

——わたしは群れを出る、とボビーがいった。

——手伝ってやるよ、とアッテカス。

その言葉を合図に決めていたかのように、共犯のグループがボビーに襲いかかった。四匹とも容赦がなく、ダックドッグのボビーより体も大きい。勝負はすぐにつき、ボビーはかなりの傷を負った。四匹が殺すつもりでいるのは明らかだ。ボビーは必死に助けを求める鳴き声をあげた。ぞっとする声だった。ボビーはなんとか逃げだしたが、四匹は追いかけ、走るボビーの脚に何度も嚙みついた。池を越えたところで、ボビーは力尽きて倒れた。四匹が襲いかかり、ボビーは動かなくなった。草の上に血が広がった。

（ベンジーはできるだけ厳しい口調でこの瞬間をマジヌーンに語った。まるで不正を暴いているかのような調子だったが、じつは内心、共犯のグループを称賛していた。心のどこかで、まだそんな気持ちを抱いていたのだ。四匹は素早い上に、迷いがなかった。そうした速断は恐ろしいが、少なくとも称賛に値する。美しい、といってもいいだろう。ベンジーは憧れるしかなかった。現実問題として、ベンジーのように体が小さく地位も低い犬には手に入れることができない、力を堂々と示す明確さは、まさに理想だった。）

茶色のメス犬を殺したことは衝撃的で、以後、アッテカスは本気だし、共犯の三匹はアッテカスのいいなりだ、とみんなにはっきり伝わった。また、このグループはほかの犬とは違うことも明らかになった。攻撃は容赦なく、素早く、犬らしい。ベンジーは憧れた。だが、殺しの前に起こったこと、茶色のメス犬が群れを出ると申し入れた件がひっかかった。申し入れても無駄なら、連中はどうして群れを出たいやつは出ていくがいいなんていったんだ？　茶色のメス犬は、その言葉をそのまま信じて、殺された。なぜ？　ベンジーには殺す意味がわからなかった。茶色のメス犬はだれにとっても脅威になどなりえない。ベンジーには、あのメス犬を殺すという決定が理不尽に思えた。けっきょく、その理不尽さこそが、共犯のグループが異質だということを証明していた。

ベンジーにいわせれば、何をしでかすかわからないアッテカスのほうこそ、群れにとって脅威だった。

そこへもってきて、ボビーが死んだ今、明らかに、群れの最下位はベンジーとドギーになってしまった。二匹のごみ漁りと服従が決まったように見えた。それは必ずしも悪いことではない。服従することで価値のある見返りがもらえるなら、苦労のしがいもある。たとえば、守ってもらえる。しかしアッテカスは、服従の見返りに、何かいいものをくれるのか。それはわからない。

（死んだもののことが頭から消えてしまうのは、なんと早いのだろう。ベンジーもマジヌーンも、ボビーが同じ群れの仲間だったにもかかわらず、あまり覚えていなかった。覚えているのは、毛が茶色のぼさぼさで、林を見つける前から松のにおいがしていたということくらいだ。ベンジーは一度、よその雑種にいきなり襲われたとき、ボビーに守ってもらっていたのだが、それさえも覚えていなかった。ボビーは死ぬ間際、水底へ沈んでいく自分が頭に浮かんだ。慌てふためいた拍子に、子犬のころ溺《おぼ》れかけたときのことがよみがえった。ボビーは失意のなか、満たされぬまま、死んでいった。）

　最初のころのアッテカスの掟は、かなり独特だった。ドギーはうっかり新しい言葉で話すと、激しく嚙みつかれた。以来、ドギーとベンジーは、ほかの連中がまわりにいるときには言葉を使わないよう用心して、ただ吠えた。だが、これがねじれておかしな方向へ向かってしまった。以前の言葉で思い出せるものをなんとか真似てみる。その結果、二匹は犬の真似をする犬になってしまったのだ。これが、人間に見せる犬の真似なら、あまり問題にならなかっただろう。たいていの人間には、ただのうなり声と、これから攻撃することを示すうなり声の違いなどわからない。だが、群れを以前のやり方にもどしたがっていたアッテカスは、ベンジーとドギーが「犬らしく」ふるまっているか、常に目を光らせていた。おかげですべてがいっそう、おかしなことになっていった。ベンジーとドギーは、ほかの犬たちが気に入るような、説得力のある犬らしさを見せなければならなかった。じつはほかの犬も、犬らしいとはどういうものかを、ある程度忘れてしまっていたのだが。ほかの犬もみな、ちゃんと以前のように吠えたり、うなったりできていたのかどうかはベンジーにもドギーにもわからない。もちろん、だれにもきけない。きいたりしたら、噛みつかれるか、もっとひどい目にあわされる。ベンジーは自分が犬らしくなるどころか、いよいよ犬らしくなくなっていくのを感じていた。さらに自意識が高まり、深く考えるようになり、自分のなかにひたすら隠している言葉に頼るようになっていたのだ。そしてできるだけアッテカスの真似をすることが、いちばんの安全策になった。

初めは、ベンジーもドギーもごみ漁りのときは守ってもらえた。いつも共犯グループのうちの一、二匹がいっしょに来て、たまに邪魔してくる犬を撃退し、大きい犬では入れない場所に二匹が入りこむのを見守ってくれた。少なくとも、ベンジーはほっとした。群れでの自分の存在に、いくらか意味があるとわかるからだ。ベンジーとドギーは、人間が捨てたものを目ざとく見つけるのが得意だった。冬のハイパークでの暮らしに、二匹は特に重宝された。大型犬が人間の家に入れてもらえることはめったになかったが、ベンジーたちはたまにうまく取り入って、役立つ物を取ってきた。ぼろクッション、クッション材の切れ端、古着、裏庭に放置された虫喰《く》いの毛布など、林を居心地よくするための物だ。

そのうち共犯のグループは、なまけ心からか無頓着からか、二匹を自分たちだけでごみ漁りに行かせるようになった。当然、二匹の関係は友情に発展していった。最初、ベンジーはシュナウザーのドギーに我慢ならなかった。ドギーといっしょにいるときに何より、マウンティングしたくなるのだ。ドギーと交尾したかったわけではない。そうではなく、服従させられているせいで、だれかを服従させたくてしかたがなくなった。強烈で、本能的で、どうしようもなく深い欲望。同時に、ドギーのほうもベンジーにマウンティングしたいと思っていることは明らかだった。お互いに恨みがあるわけではない。ベンジーはドギーの不幸を願ってはいなかったし、ドギーもベンジーの不幸を願っていないことは確かだ。ただ互いに相手の上に立ちたいだけだった。が、一方で、これは二匹だけの問題でもあった。ときどき、ベンジーとドギーは相手をマウンティングする権利をかけて激しく戦った。しかし二匹の喧嘩はほかの犬たちにはどうでもいいことだった。当然のことながら、ベンジーとドギーは、ロージーまでも含むすべての犬たちにマウンティングされていた。二匹は耐えた。そうするしかなかった。

林は群れの犬によって、できるだけ居心地よく整えられていたのだが、それでもハイパークの冬は災害の一歩手前といったところだった。木々と茂みは十分な風よけになったが、耐えがたい寒さにしょっちゅう襲われるため、小型犬の二匹は避難せざるをえないところまで追いつめられていた。一月のある晩、ついにベンジーは、このままでは死んでしまうと思った。激しい震えが止まらないし、歯が音を立てて鳴っている。翌朝早く、ベンジーとドギーは二匹だけですみかを出た。ほかの犬は眠っていた。アッテカスとマックスとフリック・フラック兄弟とロージーは、ブランケットの上で、ぬくぬくとひとかたまりになっている。ベンジーとドギーはそこには入れてもらえなかったのだ。

二匹が逃げだした一月の朝は、雪が立ちはだかっていた。よく知っている世界のにおいも音も景色も、雪の下に消えていた。二匹には、何か見知らぬ存在が、知っているもののすべてを奪い、あとには白い色と、二匹が知っていた世界のぼんやりした輪郭だけを残していったように感じられた。すみかから十分離れたところまで来たとき、ドギーがいった。

――うう、寒い。死ぬかと思った。

――ぼくもだ、とベンジーもいった。ほかのやつらはぼくたちのことなんてどうでもいいんだ。

――そうだよな。ぼくがやつらの横で眠ろうとしたら、リーダーに噛みつかれた。犬がほかの犬をいたわらないなんて、間違っている。

――やつらはぼくたちがいらなくなったんだよ。地面が前と違ったふうになったから。ぼくたちを死なせようとしてるんだ。

――そうだよな、とドギー。これから、どうしよう?

――ぼくは、家に入れてくれる人間を探しにいくよ。二匹いっしょに引き取ってくれる人間がいないか、探さない?

――ぼくたちが群れを出ることをやつらにいったほうがいいかな?

――だめだ、とベンジーは答えた。どうなるかわからない。

――そうだよな、とドギー。リーダーはおかしいから。いつ嚙みついてくるかわからないし、いやというほど嚙むし。こっちはこっちで勝手にやろう。

この決定はすぐに幸運をもたらした。二匹はウェンディゴ池のそばを通って公園を出る途中、雪のエリス・パーク・ロードをとぼとぼ歩いていた。それを年老いた女が見つけて声をかけてきたのだ。

――おいで、わんちゃんたち！　おいで、わんちゃんたち！

二匹はこういう声の調子を覚えていたが、用心した。そんなふうに陽気に呼びかけてくる人間に近寄ると、親切にされる場合と同じくらい、ぞっとするような残酷なことをされる場合がある。石を投げられたり、棒で殴られたり。だが二匹は必死だった。寒いし腹が減っている。だから、そばに寄っていった。たまたま、それがよかった。老女は最近、飼っている六匹の猫のうち二匹を亡くしたばかりで、もともとどんな動物にも寄せていた同情心が、すっかり高まっていたのだ。二匹が老女の家のキッチンに入ると、キャットフードの器をふたつ置いてくれた。食べ物は魚と炭のにおいがしたが、おいしかった。

その冬、ドギーとベンジーは避難場所を得た。餌はたっぷりもらえたし、好きなときに裏庭に出られた。ただ、老女と猫たちは、二匹にとっては試練のようなものだった。まず、猫。そう、ベンジーとドギーはここの猫が大嫌いだった。ベンジーにいわせれば、分別があればだれだって、あいつらを嫌うにきまっている。せっかく平和に暮らそうと思っているのに、ここの猫は家のあちこちをこそこそ歩きまわって、普通の猫より性質《たち》が悪いのだ。いつもシャーッと威嚇して、体を大きく見せようと背中を弓なりにし、爪を出して飛びはねる。とても平和には暮らせなかった。

これがよその場所だったら、ベンジーもドギーも、このピンク舌のヒステリックなやつらに襲いかかり、首をへし折ってやっただろう。しかし老女の態度を見ると、猫を大事にしていることは明らかだった。糞（たまたま食べたら、すごくうまかった）を片づけ、毛並みを整え、やつらに喉を鳴らすか、いっしょに喉を鳴らす。自分自身も大きい猫みたいだった。老女が大事にしているふわふわの生き物たちを傷つけたりしたら、放りだされることは容易に想像がつく。だから、猫たちがあまりにも（国会議員のように遠回しにいうなら）「遺憾」なときには、ベンジーもドギーもごくごく小さくうなるだけにしていた。遠回しの、猫があっさり無視するような警告だ。

老女は二匹にとって、さらに複雑ないらいらの元になっていた。老女は人間だ。だから、二匹の小型犬は、これまで身につけてきた数々の方法で手玉にとることができた。餌がほしくなったら、ごろんと転がってみせるか、後ろ足で立つ。老女が特に気に入っていると思われる芸だ。老女は、あることには喜び、あることには腹を立てた。二匹がベッドの老女の横に飛びこんだり、顔をなめたりすると、老女はうれしそうな声をあげてなでてくれる。だが二匹が自分や相手の性器をなめていると、うなって、水をかけてくる。二匹が老女のためにテレビをつけてみせると、必ず餌をくれる。だが猫の糞を食べていると、ひどく怒った。

こうした老女の予測不能な好き嫌いは、まだましだった。最悪なのは、しつこいところだ。もちろん、二匹はこの手のしつこさは経験済みだった。人間ときたら犬を抱いて長々と放さないことがあるからだ。犬は息ができず、背骨が折れそうになって、もがいて逃げようとするしかない。ところが老女はなぜか、ベンジーたちを押しつぶしてしまいたいのか、抱きしめて放さないのだ。二匹がいくらもがいても、老女は力をこめるばかりだった。

ある日、ドギーがきいた。

――あの人がぼくたちをぎゅうぎゅうやって殺すことってあると思う?

ベンジーは、イエスともノーともいえなくて困った。老女が危険かどうかはわからない。知るすべがないのだ。かといって、知らないからしかたないといってすまされない気もする。だが何より気になったのは、ぎゅうぎゅうするときの老女の気持ちだった。老女は二匹に何かを植えつけようとしているか、ある考えを伝えようとしているかのように見えるのだ。冬の終わりから春が始まるまでのあいだに、老女は二匹にとって耐えがたい存在になっていった。暖かい日が数日続いたころ、ベンジーとドギーは、また逃げだすことを夢見るようになっていた。老女からこれほどの食べ物とすまいを与えてもらっていてもだ。

ここを出たい、とドギーが初めていったのは、冬によって消し去られていたさまざまなもののにおいが、ふたたびもどってきたときだった。泥、緑の草木、腐った食べ物、糞のにおい。ベンジーとドギーは裏庭にいて、暖かい敷石の上に寝そべっていた。ドギーは老女のことも、老女の家の平和を乱す猫たちのことも、もううんざりだった。

——ぼくのいたい場所は、ここじゃない。

——出ていくったって、どこへ？　とベンジーはきいた。

——前の場所にもどりたい。ここの生き物たちのせいで気分は最悪だし、このままじゃ、人間に潰されてしまう。絶対にね。

——もどるのは危険だよ、とベンジーはいった。

——リーダーは真の犬だ、とドギー。ぼくたちに真の犬になる方法を教えてくれるよ。

——もどるのは、いいとは思えない。でも、ぼくひとりでここに残りたくはない。

——じゃあ、いっしょに行こう。世界はまた暖かくなった。もともとそうすべきだったように、群れと暮らせるよ。

どうやらドギーは自分たちが虐げられ、屈辱を受けてきたことを忘れているようだった。自分たちがどれほどおびえていたかも、群れがどれほど暴力的で、行動に予測がつかなかったかも、忘れている。群れの一員になりたいという願望は、ベンジーにもわかったが、群れにもどる利点がまったく見当たらなかった。危険としか思えない。常に現実的なベンジーは、自分の利益を第一に考えた。老女のしつこさを思うと、林にもどる以外の選択肢も考えておく必要がありそうだ。

——ほかの人間を見つけるのは？　ときいてみた。

——ないね、とドギーは答えた。主人を変えて、なんになるんだ。

——主人によってすみかが違うんだよ、とベンジーはいった。においも違う。人間はそれぞれ違うんじゃないかな。あの不細工な生き物を一匹も飼ってない人間を見つけられるかも。

——ぼくたちは同じ群れの出だ、とドギー。何をいいたいのかはわかってるけど、ぼくはそうは思わない。ぼくたちのすまいは、よそにある。ぼくはもどりたい。群れがまだおかしいまんまだったら、またほかを探せばいい。

ドギーを止めるのは無理そうだった。ここの人間や動物と暮らすつもりは、もうなさそうで、気持ちはすっかり決まっているようだ。話し合いの数日後、ドギーはいきなり老女の家を追い出される事態を引き起こしてしまった。この結果を招いたのがドギーだったのは、事実だ。だがベンジーは、家を出たあとのことをドギーのせいにするつもりはなかった。というのも、マジヌーンにこのことをすべて話すころには、ベンジーは確信していたからだ。ぼくたちがあの家を追い出されることになったのはドギーのせいだけれど、ありがたかった、と。「ありがたかった」というのは、ドギーのしでかしたことのおかげで、自分がどこでどんなふうに暮らしたいか考えることになったからで、思ってもみなかった大きな選択をさせてくれたからだ。

だが話はまず、家を追い出されたときにさかのぼる。ベンジーはもともと狩りがうまかった。ネズミのにおいをかぎつけられるし、しとめ方を知っていたし、たまに食べたりもした。ただ、あまり好きな食べ物ではなかったので、腹が減っていなければ、殺さなかった。一方、ドギーも狩りの腕はかなりのもので、大小のネズミを遊び半分に殺していた。その点は単にドギーのやり方というだけで、ベンジーはなんとも思っていない。しかしそれは、ドギーが老女の猫の一匹を追いつめて、殺してしまうまでのことだった。

ベンジーのなかに完全に相反する気持ちが残る、一瞬の出来事だった。ベンジーとドギーがキッチンでいっしょに寝そべっているとき、猫のうちの一匹がキッチンに入ってきて、自分の水のボウルのほうへ向かった。それを見て、ドギーがいきなり飛びかかった。(素早い。すばらしい!) だが、猫はドギーに負けない反射神経を持っていたので、ドギーをよけようとまっすぐ上に飛びあがり、耳をつんざく必死の鳴き声をあげた。しかし、無駄だった。食器棚の側面と壁が作る細いV字のすきまに、猫は追いつめられてしまったのだ。もう一度飛びあがろうとしたが、それもできない。そのときドギーはとっさに、こいつは死に物狂いで向かってくる、あの爪をよけなければ、と考えた。そこで飛びかかって猫の首に噛みついた。ぬいぐるみにやるみたいに猫をふりまわす。猫はもがいていたが、やがて動きを止め、ドギーの口から力なくたれさがった。

ドギーはどんなに楽しかっただろう。(ベンジーとしては、このすばらしい見世物があまりにも楽しかったので、ドギーもさぞかし、と思った。)ちなみに、猫の最期は音で終わった。猫が命乞いをする甲高い鳴き声。ドギーに嚙まれてもがく音。ドギーは猫を壁に叩きつけ、歯をさらに食いこませた。死骸をふりまわしているとき、猫の体はほとんどふたつに折れたように見えた。この生き物が死んで、ベンジーは満足感でいっぱいになった。ドギーが殺したのは、猫のなかでもいちばん高慢なやつだったのだ。ピンクの毛糸玉や、ピンクの毛布を敷いたバスケットといった、そいつの大事な持ち物にベンジーかドギーが近づくと、シャーッと威嚇して背中を弓なりにしたものだった。二匹はよく、いつか嚙みついてやる、どうやって殺してやろうか、と話し合って楽しんでいた。その日が来て、二匹とも晴れ晴れした気持ちだった。

あの生き物を殺したのがベンジーだったら、死体はキッチンに置いたままにして、家のどこか別の場所に引っこんでいただろう。正確にいえば、隠れはしないが、あの生き物の死に関係していると思われないようにしたはずだ。だが、ドギーは死体を二階の人間の寝室に運んだ。階段の手すりの支柱に猫の頭をぶつけながら。ベンジーはついていかなかった。リビングで耳をすませて待った。しかし、待つことも聞き耳を立てることも、必要なかった。堅木張りの床の上をドギーの爪がこする音。一瞬しんと静まりかえる。次の瞬間、老女が泣き叫ぶ声がした。それから、明らかに猫のことで動転している老女の泣き声が続くなか、ドギーが階段をおりてきた。ゆっくり、考えながら。

――何があった？　とベンジーはきいた。

――わからない、とドギー。あの生き物を人間の横におろしたら、騒ぎだしたんだ。

――気に入らなかったのかな？

――それが、怖がってるみたいだった。

――人間は、おまえに同じことをされるかもしれないと思ったんじゃないかな。

――やっぱりそうか、とドギー。だから、あの生き物は人間のところに置いてきた。

――よくやった、とベンジー。

それから長いこと、二匹はリビングにすわって、老女の立てる音に耳をすませ、自分たちが呼ばれるのを待った。

（ここで、マジヌーンがベンジーの話をさえぎった。

――その髭の犬がやったことは、まずかったな、とマジヌーンはいった。人間はその生き物を守っているんだ。人間はやつらを「猫《キャット》」と呼んでいる。

マジヌーンはその言葉を正確に発音できないため、出だしがスコットランド語の「loch」の「ch」のようになって、「キャット」が「カハット」になってしまった。

――やつらにぴったりな名前だ、とベンジー。）

しかし、老女はベンジーたちを呼ばず、階段をおりてきた。腕には死んだ猫を抱えている。まるで自分の子どものように、胸にしっかり抱いている。

——なんてことをしてくれたの、と老女は二匹にいった。なんだ、これは。なんてことをしてくれたのよ。

思いの外、ベンジーはその様子に興奮した。なんだ、これは。あいつを抱えて持ってきて、変なの。生まれて初めて自分のなかの感情が強烈にふくらみ、心からの楽しさを表す低い声になって響いた。言い換えると、ベンジーは笑ったのだ。ドギーも笑った。二匹は心のうちの感情を抑えられず、解き放った。まるで二匹のなかにあった容れ物が壊れて、中身がどっとあふれてしまったかのようだった。ベンジーは気持ちを解き放ったことなら、以前にもあったが、それはかなり違う状況でかなり違う形でだった。たとえば、うれしくて吠えまくったことがあるが、それは子犬のころで、主人の家の庭の、湿った緑の草の上で転がったときだ。しかし、今回の笑いは奇妙だった。感覚から引き起こされたものではない。強力な何か。知性が引き金になったのだ。

犬が笑うこと自体、奇妙だが、その様子を見て（というか、むしろその声に）老女はぞっとした。老女はリビングの入り口に立ちつくし、二匹の声を聞いていた。腕には死んだ猫を抱えている。そして、老女が死んだ猫を宝物のように抱える姿を見て、二匹はおかしくてたまらなくなってしまった。笑いが止まらない。妙な発作でも起こしたかのように、低いうなり声をあげつづけた。老女は死んだ猫を胸に抱きながら、がっくり膝《ひざ》をついてうなだれると、何かを乞うように両手を握りあわせた。二匹に対してではなかったが、明らかにだれかに話しかけている。長いこと、老女は必死に何かいいつづけ、やがて立ちあがると、玄関の扉を開けて、扉の横に立った。

これからどうするかをベンジーが決めてよかったなら、二匹でこの家にとどまっただろう。ベンジーには老女の恐怖がわかったし、ドギーといっしょにそれを利用する自信もあった。（老女が見えない何かに話していたことだけは、たしかに気になっていたが。）だがドギーは、ベンジーと同じように老女の反応に衝撃を受けていたものの、とにかく家を出たい一心だった。ふりかえることもなく、扉から外へ飛びだす。ベンジーもあとに続いた。

老女の家を出た瞬間から、ベンジーはいやな予感がしてならなかった。二匹は群れのすみかからさほど遠くない場所にいたし、ベンジーにはドギーと同様、すみかへの道はわかっている。だが、ドギーからいくらか離れてついていった。林が見えると、ドギーは足を速めた。かつての自分のすみかへうれしそうに入っていく。そこはしんと静まりかえっていた。次の瞬間、うなり声と吠え声が爆発し、ドギーは慌てて外へ逃げようとした。追いかけたのはアッテカスと双子のフリック・フラックらしい。三匹の声は普通ではなかった。野犬のものではないし、飼い犬のものでもない。犬らしくもない。ベンジーは震えあがった。そのとき、ドギーがすみかから飛びだしてきた。運悪く、ベンジーにまっすぐ向かってくる。最初で最後の言葉をいっている。つまり、ドギーは最期の瞬間、間違いなく、世界共通の犬語を話していた。

――降参、とドギーは甲高い声をあげていた。降参！　降参！

それはまるで、見知らぬ犬に襲われているみたいだった。しかもその犬たちはなぜか、ドギーの言葉がまったくわからないようだった。


仲間の死を思い出して、ベンジーは話すのをやめた。感情に押しつぶされて、べったり体をのばすと、ラグの真っ赤なところに頭をつける。

しばらくのあいだ、ベンジーもマジヌーンも黙っていた。静かなことに気づいたニラが、部屋に入ってきて、マジヌーンにたずねた。あなたたち、食べ物か飲み物はいらない？　ニラを見たとたん、ベンジーがさっと立ちあがってニラの前を行ったり来たりしはじめた。顔を見ながら、吠えつづける。しまいには、やめろ、とマジヌーンが制した。

ニラの質問に答えて、マジヌーンは「ノー」と首を横にふった。そこで、ニラは部屋の明かりをつけると、また出ていって、マジヌーンたちだけにしてくれた。

――驚いたな、とベンジーはいった。あの人間はあんたにすごくよくしてくれる。それに対して、あんたは何もしない。ときどき、後ろ足で立って歩いてあげてるかい？　何かやってるはずだ。

――そういうことは一切しない。

――それって、普通の主人っぽくないな、とベンジー。何も要求しないなんて、主人じゃない。もしも主人じゃないなら、あんたは痛い目にあう。いつか苦しむことになる。自分が関わってる相手のことは、いつだって知ってるほうがいいよね？

――おまえのいいたいことはわかる、とマジヌーン。だが、あの人間は主人じゃない。ニラがなんなのかはわからないが、怖くはない。

――「ニラ」？　とベンジー。あの人間の名前をいえるのか？　それってすごく変だ。

――その犬が殺されたあと、何があったんだ？　降参したなら、なぜやつらは殺したんだろう？

――たぶん、とベンジーはいった。殺さずにいられなかったんだよ。


ベンジーは三匹がドギーの脚、腹、首に噛みつくのを見ていた。ドギーは最後まで抵抗して、逃げようとした。だが、相手の三匹はひたすら攻撃に徹した。ドギーはこの状況で何度も噛みつかれながら、勇気を振りしぼり、果敢に戦った。だがベンジーには、せっかくのドギーの勇気も、苦しみを長引かせているだけにしか見えなかった。

アッテカス、フリック・フラック兄弟が殺しに夢中になっているすきに、ベンジーはしっぽを巻いて現場から後ずさった。そしてかけだそうとしたが、逃げようと回れ右をした瞬間、ロージーがすみかから飛びだした。ベンジーはふいをつかれ、どうするか考えるひまもなく、首に歯を突きたてられた。降参のしるしに放尿して、子犬のようにくたっとなってみせる。だが、ロージーはベンジーを放さずにうなりつづけ、ドギーの死に立ちあわせた。

（ベンジーは、仲間が殺される様を見ているときに感じたものを表現できなかった。ドギーを殺した三匹に対して、細胞のひとつひとつにあふれた嫌悪。ドギーの死について語ってみると、やはり三匹のことが憎かった。しかしマジヌーンにはそれを隠した。この嫌悪は弱さの表れのような気がしたからだった。）

ドギーが動かなくなると、アッテカスとフリック・フラック兄弟の三匹は、死骸のまわりに立った。まるでドギーが立ちあがるのを待っているかのようだ。特にアッテカスは、ドギーの頭をつついたり体を押したりして、死んだことを確かめているようにも、まだ生きていてくれと願っているようにも見える。三匹は一瞬、自分たちのしたことに戸惑っているようすだった。こうなったドギーにたまたま出くわしたといわんばかりだ。おれたちがこんなふうにしたわけじゃない、魂が出ていって動かないこんな死骸に、と。だが、三匹のおびえ（もしもこの状態をそう呼べるならだが）は、あっという間に消えた。ドギーの体が動かないのを見てとると、アッテカスとフリック・フラック兄弟はベンジーのほうに向きなおった。

三匹が向かってきたとき、ベンジーは、もうおしまいだ、と思い、なんとか自分を小さく無害に見せようとした。ところが、なぜか、アッテカスたちにさっきまでの殺気立った雰囲気はどこにもない。アッテカスはベンジーを見てうなったあと、くるりと背を向けて林へもどっていった。兄弟もあとに続く。ドギーの死骸は腐るがままに放置された。そのうち人間が見つけるのだろう。

ロージーがいなければ、ベンジーも、三匹が去ったとたんに逃げだしていたはずだった。だがロージーは、自分の存在を知らしめるかのようにうなりつづけ、ベンジーを自分の子犬のように鼻で前に押しだした。こうして、ベンジーは意に反して、元の暮らしにもどってしまった。それは自分の種族、正確には、過去の自分の種族と思われるものたちとの暮らしだ。ベンジーは、群れが以前とはすっかり別物になっていることに、すぐに気がついた。群れの仲間は、ほとんど人間と同じくらい不可解なものになっていた。ベンジーはアッテカスに、本能的な恐怖を感じた。それは最初にケージから逃げだした十二匹に対して、ほかの犬たちが感じた恐怖とおそらく同じだった。

ひとつだけ確かなことがあった。ベンジーはもう林の群れに属していないのだ。

アッテカス、フリック・フラック兄弟、ロージーは、新しい言葉を使うのをまだ拒んでいた。かといって、意思の疎通は、以前のやり方でも行っていない。少なくとも、それはベンジーが以前のやり方として覚えているものではなかった。うなる、視線をさげる、首をさらす、といったやり方は、たしかにまだ残っている。だがそれと並んで、頭を奇妙な具合に動かす、方向を示すわけでもないのに鼻先をつきだす、ぎこちない（ベンジーには人間が犬を真似ているように聞こえる）吠え声を出す、といったことがあった。そうした動きや声が、意識せずに出るようになっていたために、ここの犬たちはいっそう犬から遠ざかっていた。群れはかなり奇妙なものに、犬の真似をする偽物になっていたのだ。以前は自然だったものが、今ではすべて奇妙になっている。すべてが形だけの儀式になっていた。

たとえば、マウンティング。

――ぼくは動けなかったんだ、とベンジー。やつらのうちのだれかが、ぼくの首を噛んで射精がすむまでは。

以前は、マウンティングといえば、本能的なものと決まっていた。息をすることと同じで、考えるまでもない。以前から、格付けのためばかりとはかぎらなかった。ときどき勃起することもあって、それはほかの犬と出会って大喜びしたせいだった。交尾の喜びと、服従させるためのマウンティングは、まったく別物で、それははっきりしていた。

ところが、ベンジーが群れにもどったときには、アッテカスたちがベンジーにマウンティングするのが、まるで秩序と序列があることを見せつけるためのようになっていた。つまり、それを証明するためのものになっていたのだ。そしてベンジーは生まれて初めて、マウンティングされることに屈辱を感じた。ほかの犬がなぜマウンティングをするのかは理解していたし、自分もより弱い犬にはきっとしていただろう。だがこの新しい感情、屈辱によって、ベンジーは変わった。

マウンティングについて考えはじめたのだ。

たとえば、ある日、フリックにのしかかられたとき、ベンジーの頭にはこんな考えが浮かんだ。このマウンティングの目的が、力のあるものがマウンティングしている姿をまわりに見せることだとしたら、何度もする必要はない。一、二度すれば十分で、あとは余分だ。単なる条件反射なのに、ぼくみたいな小さい犬は、そのたびに服従させられて……！　それでもベンジーは、抵抗することもなく服従していた。自分の群れでの地位を受け入れている。けっきょく、社会的な秩序が何より大事だということを心底信じていたからだ。ただそれでも……という思いがあった。

そして、ロージーとの一件があった。ベンジーが自分や群れを違った角度から見はじめるようになるきっかけのひとつだ。林で、ベンジーとジャーマン・シェパードのロージーは、ほかの犬から離れて孤立していた。ベンジーは林での二度目の暮らしがだいぶ長かったように感じていたが、じつはふた月もたっていなかった。そのあいだ、アッテカスやフリック・フラック兄弟とはほとんど交流していない。話しかけられたことがなかった。しかし、ベンジーとロージーは気がつくと、二匹だけで過ごしていることがたまにあった。ある日の午後、ロージーはベンジーを驚かせた。以前の（新しい）言葉を使ったのだ。

――逃げようとなんてしないことね、とロージーがいった。そんなことしたら、やつらに狩られるから。

群れが以前使っていた言葉で話しかけられて、ベンジーはびっくりした。それでも気を取り直すと、自分もその言葉で話そうと決めて、たずねた。自由になりたいやつを、どうして傷つけなきゃならないんだ、と。

ロージーは答える代わりに、マックスの身に起こったことを話した。ベンジーとドギーが逃げたあと、ほかの連中（ロージーも含む）はマックスにマウンティングをしはじめた。それは当然で、ほかはみんな、あの犬より上だったからだ。しばらくはそれでうまくいっていた。だがやがて、マックスのなかに、連中のうちのだれかに自分がマウンティングすべきだという考えが浮かんだ。しかし、だれもそれを許さなかった。そのうちバランスが崩れて、リーダーの地位をかけた後味の悪い争いが起こった。冬のある日の午後、フリック・フラック兄弟の我慢が限界に達し、戦いになったのだ。二匹はいっしょにマックスを襲い、死にかけたマックスを池のそばに置いていった——とどめをリーダーに託して。当然、リーダーに選択の余地はない。マックスの首に深く噛みつき、置き去りにして死なせた。

ロージーにいわせれば、悪いのはマックスだ。自分で自分の死を招いた。連中がマックスを殺したのは、本能に従ったまでのことなのだ。犬というのはそういうものだ。悪いところはどこにもないし、犬の本性に従ったまでのこと。今は、一匹一匹が正しい道を知り、自分の居場所を心得なくてはならない。ベンジーもこれからはそうしなくてはならないのだ。

——わかった？　とロージーがきいた。

　わかった、とベンジーは答えた。だがじつは、わかったどころか、ロージー以上のことを理解していた。ドギーと群れに虐げられていたころも、どうして自分たちは群れに置かれているのか、頭のどこかで考えていたかもしれないが、とにかく今、ベンジーのなかに、説得力のある答えができあがっていた。ほかの連中がベンジーを必要としていたのだ。ベンジーのような弱くて地位の低い犬でいいから、マウンティングによって自分たちの地位を維持できる相手が必要だったのだ。この考えは、だれにも話さなかったが、自分には力があるという感覚が芽ばえた。ぼくは、ある意味、リーダーと同じくらい必要とされている。いちばん上があるなら、当然いちばん下もなくてはならない。だったらなぜ、ぼくだけがマウンティングされなければならないのか。たまには、リーダーがいちばん下のもの、つまりぼくにマウンティングされるべきだ。そう考えるのが道理じゃないか。いちばん上がいるのは、いちばん下がいるおかげなんだから。ベンジーにとっても新しいこの革命的な考えは刺激的だった。ベンジーには、ふりはらうことも解決することもできない逆説だ。最初のうちは無意識だったが、その考えのせいでベンジーは群れの連中を敵視するようになった。

　林での暮らしが二か月になるころ、ベンジーも犬としての感覚を失いはじめた。放尿したりすわったりするたびに、これでいいんだろうかといちいち考えずにはいられない。自意識が方向を見失って迷子になっている。これとそっくりな感じを経験したことがある。奇妙なしゃべる犬のこんな言葉に耳を傾けていたときだった。

世界の上で空が動く！
大地の毛並みが変わる
掘るか埋めるか、犬は骨のことばかり考える
ほとんどぎいぎい足をきしませ、腹を空かせて歩きまわる

そんなわけで、ベンジーにはわからないことが多かったが、ひとつだけはっきりしていた。それは、自分はアッテカスの群れの一員でいたくないということだ。逃げないと。ただ、現実問題、逃げるのは難しい。ベンジーは群れの儀式の一部、不可欠な負け犬になっているのだ。その結果、ほかの犬から厳しく監視されていた。たしかに、おかげで見知らぬ犬から守られている。だが、ちょっとでもしくじったら、飛びかかられるのもわかっていた。しかしようやく、幸運（といっても、ベンジーにとっての幸運、しかも悪意に導かれた幸運）が訪れて、なんとか逃げることができた。死の畑を見つけたのだ。

死の畑は説明するのが難しい。気づく犬はあまりいない。人間が動物に食べさせる毒を置いて

いる場所で、文字通り、畑の場合もある。当然といえば当然だが、生きている犬は死の畑についてほとんど知らない。第一の理由は、死の畑を見つけた犬が、生きてその発見から学ぶことはめったになかったから。第二の理由は、死の畑のなかで犬が死ぬことはめったになかったから。毒を食べた犬は、そこからかなり離れたところで死ぬことが多かった。そのため、死骸がほかの犬の警告になることがなかったのだ。

ベンジーはとびきり警戒心が強かったので、生まれてこの方、自分の知るかぎり、死の庭をふたつ見つけていた。ひとつ目は、主人の家から三軒離れた場所にあった。そこは野菜畑で、とても無視できない魅力的なにおい、肉と鉄錆《てつさび》のにおいがした。畑に入るためには、裏庭の金網フェンスの下に通っている穴をくぐらなければならない。犬が次々に入っていって、食べた。食べた犬の息と尻は、錆と消毒用アルコールのにおいがした。小さい犬は、息からそういうにおいをさせたあと、すぐに死んだ。大きい犬も死ぬか、ひどく苦しんだ。ベンジーは近所を自由に走りまわっていたので、その畑には何度も入ったことがあった。畑では地面をちょっと掘るだけで、牛肉や、焼いた鶏肉の食べ残しや、甘いパンも見つかった。おいしい物を掘りだして食べてごらんといわんばかりだった。だがやっぱり怪しかったし、ベンジーは家で餌をたっぷりもらっていた。だから、まだ肉がたくさんついている骨を一、二本掘りおこしても、肉と鉄錆のにおいがすると放っておいた。代わりに、食べるのを拒まなかった犬や猫や死にかけのアライグマのにおいをかぐことで満足した。

このパターンがベンジーの記憶にすっかりしみついて、ベンジーのなかで苦しみや死と畑がしっかり結びついたころ、地面からそういうものが出なくなった。畑は踏みかためられた。肉はもう埋まっていない。動物はそこに入っても具合が悪くなったり死んだりしなくなった。

すべてがあまりにも奇妙で、あまりにも魅力的だったため、ベンジーはその場所のことも、その場所が苦痛や死と結びついていたことも、忘れなかった。その後、ふたたび錆と消毒アルコールのにおいがしたのは、林に二度目にもどってきて、ハイパークのそばの家々に遠征するようになったときだ。パークサイド・ドライヴのわきにある背の高い草むらで、見知らぬ犬がもがき苦しみ、息からそのにおいが漂っていた。それから二日ほどたった夜のこと、ベンジーはエリス・パーク・ロードをフリック・フラック兄弟の後について歩いていた。ある家の前を通りかかったとき、そこから同じ奇妙なにおいが鼻をついた。錆と消毒アルコール。ベンジーは吠えた。二匹を呼んで家から離れさせ、柳の木の根元に気になるにおいがあるぞと伝えた。(公園を使う犬は、どうやらみんなこぞって放尿し、ヴァニラや蜂蜜やアルファルファやクローバーや、何かはよくわからないけれど魅力的なもののにおいを残しているらしい。)家の裏に死の畑が本当にあるかどうかはわからなかった。だがもしもあるのなら、アッテカスの群れのみんなに(ふと思い浮かんだのだが)、すぐに食べてほしいと思った。

仲間の死を想像すると、不安になった。自分の群れが全滅する。いくらほかのやつらが嫌いでも、ひとりぼっちになるなんて。とはいえ、死の畑にどれほどの効果があるのか、ベンジーにはわからなかった。アッテカスたちは、しばらく苦しむくらいで終わるだけかもしれない。だがそのすきに林から逃げられるかもしれない。どっちにしろ、ベンジーが自由になるには、それしか道はない。ドギーを殺したやつらを、ふさわしい場所へ導くだけでいい。あとは畑に任せよう。

翌朝、群れのみんながすみかから出てきたので、ベンジーはなにげなくエリス・パーク・ロードへ向かった。つまり、木の根元のにおいをわざとかいでみせながら、エリス・パーク・ロードのほうに誘導したのだ。神々がベンジーの意図に賛同したかのように、夏のこの日の朝、道沿いの木々からは魅惑的な尿のにおいが立ちのぼっていた。群れはまっすぐ死の影を帯びた家のほうへ向かっていった。

群れがエリス・パークのその家に近づくにつれ、ベンジーは心配になった。畑に行ってもみんなが死にもせず、平気で動いていたらどうしよう。ただちょっと気分が悪くなるくらいだったら、きっとひどい目にあわされるだろう。よくもこんなところに連れてきたな、と責められる。巧妙な作戦が必要だ。あくまでもみんなについていくように見せながら、誘導しなければならない。

そこで、ベンジーは自分から家のほうへは行かず、みんながそこへ近づくと、あたりのにおいをかいでから、いろんな意味にとれる吠え声をあげた。「腹が減った」とも「小さい生き物を見かけた」とも「ぼくは群れの一員でうれしいよ」ともとれる吠え声だ。

アッテカスがうなる。しかしそのころにはフリックとフラックが自分たちで、あるにおいをかぎつけていた。二匹が家の裏へ向かうと、ほかの犬も続いた。そこでみんなが見つけたのは、本当に畑だった。緑のにおいが強かったが、それに対抗するように魅力的なにおいが割りこんでくる。牛肉、イースト、砂糖だ。畑は簡単には入れない。緑の金網フェンスに囲われている。ただ、扉に掛け金がついていたので、フラックがあっさり開けてしまった。あっという間に犬たちは、よく育った花や野菜や、土から半分顔を出している物に囲まれていた。

犬たち（ベンジーをのぞいた全員）は、声も出ないくらい興奮していた。花や野菜から離れたフェンス沿いに、肉やパンのかけらがいくつもあったのだ。遠いすみっこには、鶏胸肉、それに腐りかけの魚まである！　犬たち（ベンジーをのぞいた全員）は、腹いっぱい食べた。ベンジーは空気を食べた。畑の畝《うね》に入って口を動かし、食べているように見せる。しっぽをあげてぱたぱたふりつづける。とうとう、ほかの犬たちが食べおえた。満足して畑を去り、ハイパークへの帰途につく。道草を食いながら行くうちに、日が陰り、全員林にたどり着いた。

すみかにもどった最初の晩は、何事もなかった。あそこは死の畑ではなかったんだ、とベンジーは結論づけそうになった。だれも死ななかった。みんなぐっすり眠っている。それどころか、次の日も、そのまた次の日も群れは畑に出かけた。（肉や魚やパンが次々に用意されるかのようだった。）三日目に畑に行ったとき、ベンジーは意志の固さを試されることになった。腹が減っていたし、この場所が危険なのか確信が持てない状況で、地面に落ちている肉を見たために、食べたくてたまらなくなったのだ。だが、ベンジーは口にせず、もう少し飢えに苦しむほうを選んだ。ところが、群れが帰途につき、なんとなくごみ漁りをしながら公園のなかをもどっているとき、ベンジーは気がついた。フリックとフラックの歩き方がおかしい。よろけて転びそうになっている。それだけではない。犬たち（ベンジーをのぞいた全員）は鼻血を出しはじめていたのだ。

その晩、林でベンジーはずっと起きていた。そして震えていた。痛みにあえぐ甲高い鳴き声（ベンジーも真似た）、苦しむ仲間たちの弱々しくのたうちまわる音（ベンジーも真似た）、フリック、フラック、ロージーの湿った息遣い。日がのぼると、ベンジーはやっとみんなの体のにおいをかいでまわった。自分が仲間にもたらした死を確かめることにしたのだ。フリック、フラック、ロージーは完全には死んでいなかったが、林のなかでほとんど動かなくなっている。立ちあがることも、話をすることもできない。それでも警戒心からベンジーは三匹のそばを去らずに翌日まで待ち、ついに三匹の死を見届けた。

アッテカスはどこかに行ってしまったようだ。おそらく、死がやってくるのを悟って、ひとりになりたいと思ったのだろう。いずれにしても、ベンジーがアッテカスをふたたび見ることはなかったが、ほかの犬たちの苦しみようからすると、アッテカスが死んだことは確実だった。

この大量虐殺について、マジヌーンにはかなり大ざっぱなことしか伝えられなかった。ベンジーはこの件をまるで、(自分だけかからずにすんだ)病気か何かが、かつての強い群れを壊滅させてしまった、という言い方をした。考えてごらんよ、とベンジーは神妙にいった。あの変化があった夜にケージにいた犬たちのなかで、残っているのは二匹か三匹しかいないんだよ。たしかに、ベンジーとマジヌーンが知っていることを知る犬は、二匹か三匹しかいないのだ。しばらくのあいだ、ベンジーとマジヌーンは黙りこんだ。

——たくさんの死を見ることになって残念だよ、とベンジーが口を開いた。

——そうだな、とマジヌーン。たくさんの死は、気持ちを暗くする。

——ここに飲める水はある？　とベンジーがきいた。

マジヌーンはとても頭がいい。そのためベンジーが語った、群れが死にたえた話にはあいまいなところがあることにいやでも気づいたし、疑わずにはいられなかった。ただ、そうした疑いは、ベンジーに対する複雑な思いの一部にすぎない。ベンジーのことは、なんとなく好きになれなかったが、同時に仲間意識も抱いていた。ベンジーは自分の群れにおいて序列の最後か、それに近い存在なのだ。だから責任のようなものを感じていた。これは二匹のうちの強い立場にある犬として、おそらく当然だろう。しかしどこかよそへ行ってほしいという思いもいくらかあった。得体の知れない不安を感じながらも、ベンジーをどうすべきか決められないうちに、約束通り、人間の言葉を教えはじめることになった。

教えるのは、思っていたより難しいことがわかった。マジヌーン自身は人間の言葉を、百ほどの単語を覚えることから始め、そこから辛抱強く、数を増やしてきた。ベンジーには主要な単語（食べ物、水、散歩、さわるな、など）を教えて、それから文脈やニュアンスについて話そうと思っていた。じつは、自分たちのもともとの言葉、犬語もそんなふうだからだ。「ワン」にもさまざまな「ワン」があって、鳴くときの姿勢や声色や状況によって意味が違ってくる。それはすべての犬の共通認識だ。ところが、人間の言葉では、単語が意味するはずのことを意味するときもあれば、意味しないときもある。そんなことを、ベンジーにどうやって教えることができるだろう？　たとえば、マジヌーンは「食べ物」やそれに関係する「食べる」「腹が減った」「飢えている」などの言葉が何より重要な基本の単語だと思っている。また、相手の意図をくみとることが重要な単語があるなど、容易に想像できない。だがある晩、ニラとキッチンにいたときのこと、マジヌーンが前足に頭を乗せて床に寝そべり、ニラが読んでくれる新聞記事に耳を傾けていたとき、寝室から上半身裸のミゲールがやってきてたずねた。

――お腹が空いてたりしない？

――食べられないことはないかな、とニラ。

――何がいい？　とミゲール。

――あなたこそ、何を想像してるのよ？　とニラ。

――元気が出るもの。きみこそ、ぼくが何を想像してると思う？

――そうねえ、とニラ。元気が出るものがほしいだけなら……あなたにぴったりの食べ物がある。南へ行ってもいいなら、ね〔南へ行く（ゴー・サウス）はオーラルセックスの隠語〕。

――なるほど、とミゲール。そうなると、いっしょに引っこんでメニューを考えないとな。

そのあと、ふたりは何も食べず、寝室へ行って、扉を閉めた。音やにおいからふたりが交わっているのがマジヌーンにはわかった。しばらくのあいだ、この件でマジヌーンは悩んだ。ニラとミゲールが交わったからではない。食べることと交わることという、ふたつの非常に重要なことを、ふたりがいっしょくたにしているように思えたからだ。いくらなんでもおかしいだろう、とマジヌーンは驚いた。ミゲールが何かささいなこと（たとえば床掃除）について話していて、それが、交わりたいという意味だったなら、まだいい。ただわけが分からないだけですんだだろう。だがこれは違う。とにかく、大事なことだ。だから、マジヌーンは人間の言葉をベンジーに教えるとき、まず忠告した。

――いいか、人間は自分たちがいった言葉が持つ意味通りのことを意図しているとはかぎらないんだ。気をつけないといけない。

——あんたのいうことだ、信じるよ、とベンジーはいった。

しかし、ベンジーは人間の言葉のニュアンスのことなど、まったく気にしなかった。マジヌーンがひとりでうまくやっているのを見て、ただ人間の言葉を覚えたいだけだった。つまり、マジヌーンの状況がうらやましくてしかたなく、これはマジヌーンが人間の言葉を使えるおかげだと考えたのだ。

また、群れで新しい言葉を使いだしたころの奇妙な期間を経験していたせいで、ベンジーはマジヌーンに厳しい現実を警告されても、まったく意に介さなかった。たとえば、プリンスはこんな言葉を話していた。

草原にぼくらはとびこんでいく
昔から生えている冬の草のなかに
あ、いない
彼女が消えて久しいけれど
彼女の道はいつまでも残っている
大地は忘れない

あるいは、

水しぶきをかけてもらいたくて
(主人の手のなかでのたくる緑のヘビから)、
その流れのなかへ、一二の三で――
ジャンプ。すすぐ《リンス》。毛が泡で滑るからね

ひと言でいうと、プリンスの詩のおかげで自分は人間の複雑な話し方に向かう準備ができている、とベンジーは確信していたのだ。

数か月にわたる「人間《ヒューマン》」の言葉（この場合は英語）の訓練は双方ともにたいへんで、その内容は、なかなかのものだった。マジヌーンが、自分の知っている重要な単語を発音する。ベンジーはそれを覚えて、自分でいってみる。この方法は、マジヌーンがニラの前ではしゃべらないことにしているせいで、やりにくかった。二匹の英会話教室は庭の奥で開かれた。そこなら通りがかりの人に聞かれても、姿は見えない。ただ、かなり頭が切れる（おまけに、私欲のためならいっそう頭が切れる）ベンジーにも、英語を話す人間とやりとりをしないと身につけられない言葉のニュアンスはわからなかった。マジヌーンと同じで、重要な単語にかぎって発音できないことも

よくあった。たとえば「食べ物《フード》」は
――ウート。

水《ウォーター》は
――オウタ。

話のなかならその単語の意味は理解できただろうが、文を作ること自体、難しかった。マジヌーンは、ベンジーがニラに話しかけるのをいやがった。というか、話しかけるのを禁じている。だがベンジーは確信していた。ニラ（人間の言葉をマジヌーンに教えた人間）なら、自分にも教えてくれるはずだ、と。だから、マジヌーンのまわりをうろついて、マジヌーンが眠るか、別の部屋に行くか、ひとりで放尿しに行くかすると、すかさずニラに話しかけた。

最初から、ベンジーはニラの名前をちゃんと発音できた。たしかに話しかけられているとニラがわかるくらいに。ニラは不安になった。ベンジーが何か企んでいそうなことをマジヌーンは知らないかもしれないのだ。だから、名前をヒソヒソといわれるたびに、戸惑いと薄ら寒い感じを覚えた。

――ニァラ、といつもベンジーは声をかけてきた。

そのあと、何か単語をひとついう。たとえばこう。

――オウタ。

——水《ウォーター》？　とニラはききなおす。

するとベンジーはニラの真似をして同じ単語を繰り返してから、単語をつけたす。

——ピーズ。

「おねがい《プリーズ》」になんとか近づけていった。それから、ベンジーはニラがボウルに水を入れる様子を見ているか、たいていい
——はい、水をどうぞ、とニラにいわれて、こう応える。

——ハンクー。

そこで、ニラは「ありがとうよ《サンキュー》」と発音を正す。ビーグルに話しかけられるという耐えがたい違和感より、几帳面さが勝ってしまうのだ。

ベンジーのやり方はまずまずうまくいっていたが、それはある日の午後までのことだった。その日、ベンジーはニラの名前をいってから、はっきりとこういった。

——モーネイ。

お金《マネー》といったつもりだった。マジヌーンがうまく説明できなかった単語で、マジヌーンが「引きかえ」といっていたものに関係していた。謎に満ちていたが、それでも重要、というか、おそらくもっとも重要な単語だと感じていた。その単語はどういうわけか、街の通りのあちこちに落ちている、金臭《かなくさ》い薄っぺらの小さな丸いもののことも、いっているようだった。

――えっ？　とニラはききかえした。

――モネ・ピーズ。

奇妙な間が空いたが、ニラはやっとわかった。このビーグルはフランスの印象派の画家の名前をいったのね。でもこの犬が美術の歴史について知っている可能性なんてある？　そんなことはとても信じられず、ニラは怖くなった。だが実際にベンジーは、ぞっとする要求をしていた。

――まさか、お金《マネー》がほしいの？

ベンジーは答えた。

――イエス。

そして、うなずく。

――ノー、とニラはいった。ノー、ノー、あなたにあげるお金なんてない。あっちへ行って。

ニラがどうして怒ったのかわからなかった。ベンジーは、何かまずいことをしたらしい、と不安になりながら、キッチンを出た。たしかに、まずかった。ニラはマジヌーンにあなたの「友だち」がね、と話し、マジヌーンはベンジーと自分だけになると、ベンジーに襲いかかった。激しく噛みつき、ベンジーが鳴き声をあげて、降参のしるしに力を抜いてぐったりするまで、痛めつけた。だがそのとき、マジヌーンは弱さを見せてしまった。ベンジーを流血させずに放したのだ。それだけではない。ニラにまた話しかけたりしたら、もっとひどいことになるぞ、とベンジーに忠告して終わりにしてしまった。

　ベンジーはしっぽを巻いて、こそこそ逃げだした。マジヌーンへの畏《おそ》れを表して、ソファの後ろに隠れ、しばらく姿を見せなかった。だが、マジヌーンのことは怖くなかった。忠告という手を使ってきたのは、危険はない証拠だ。それどころか、なんと、英語を教えるのをやめなかった。おまけに、マジヌーンはベンジーをニラに近づけないようにしたため、知らないうちに、ベンジーに英会話習得への別の道（おそらくニラよりいい道）を開いてしまった。ミゲールだ。ミゲールはニラより大きくて威圧感があり、間違いなく力も強い。そして英語の話し手としては文句ない。ベンジーがそんなミゲールをどうして放っておくだろう。

　もちろん、いくつか考えなければならないことがあった。ベンジーが話しかけたらミゲールはどう反応するのか。ニラのように慌てふためく？　そして、ミゲールもやっぱりベンジーの企てをマジヌーンに告げ口するのか。マジヌーンは危険ではないが、とても敏感だ。ミゲールとの会話をマジヌーンに隠しておくのは難しそうだった。

　けっきょく、ベンジーは直接試してみることにした。夜、ミゲールに近づいたのだ。ミゲールは夕食を食べおえて、ひとり寝室で本を読んでいた。マジヌーンとニラは、ニラの部屋にいる。（マジヌーンは、目を閉じ、脚を体の下に折りたたみ、堅木張りの床に頭を預けていた。）ベンジーは寝室に入るとベッドのわきにすわった。やがてミゲールが気づいた。気づいてもらったとたん、無邪気な言葉で会話を始めた。

——水《ウォーター》、ほしい《ウォント》。

——えっ？　とミゲールがききかえした。水がほしいっていったのか？

——イエス、とベンジーは答えた。

ミゲールはすっかり喜んでいる。

——話せるのか？　とたずねた。

——少し《リトル》、とベンジーは答えた。

（じつは「イードゥル」といってしまったのだが、すぐにわかってもらえた。）

——こいつはすごい、とミゲール。ニラに教わったのかい？　ほかに何かいってごらん。

「ほかに何か」の意味がよくわからなかったので、ベンジーはただすわって、期待をこめた目でミゲールを見上げた。ミゲールはがっかりした。

——ニラにもっと教わったはずだぞ。名前はいえるかい？

——名前《ネイム》、ベンジー。

自分の秘密の名前をいったのは生まれて初めてだった。

秘密の名前（公にできない、という意味になりそうだが、そうではない。単にほかの犬は名前を口でいえないせいで生じる「秘密」だった）ほどの私的な言葉を口にすることに躊躇はあったが、ベンジーはかすかに震えながらも甲高い声で、はっきりといった。

――そうこなくっちゃ！　とミゲール。ニラからほかの芸は教わったかい？　ベンジー、ごろん、だ。ほら、ごろん。

　水についての会話を始めたあとに、「ごろん」しろといわれることに戸惑ったが、こういう芸（「ごろん」「ちんちん」「死んだふり」「ちょうだい」「ヒソヒソ」「歌」）は得意だ。ベンジーにとっては造作もない。ミゲールを一瞬見つめると、ごろんと転がってみせた。

　ミゲールはベンジーが本当に話せるとは信じていなかったので、水がほしいと犬がいうことよりも、こういう芸のほうが面白いと思ったし、感心した。ベンジーを抱きあげて首や耳の後ろをかいてやりながら、ミゲールはニラの部屋に行った。

――いったいどうやったんだ、とミゲールはきいた。何時間もかかっただろう。

――どうやったって、何を？

――この犬に名前をいうように教えたことさ。

――なんの名前？

――とぼけないでくれよ、とミゲール。ベンジーはすごいよ。ジムと違って本物の犬だ。ジムは一日じゅう寝そべってるけれど、ベンジーはいろんなことができる。きみも鼻が高いだろうね。

――その犬が話すのを聞いたの？　とニラはきいた。わたしは教えてない。きっとジムが教えたのね。

——そうだな、とミゲール。もちろん、ジムは話せるからな。

妻が知らないふりをしていることに、ミゲールはかっとなった。教えてくれたっていいじゃないか。どうやってベンジーに、名前をいえるようにしこんだんだ？

——いいだろう、とミゲール。ぼくだって、こいつに何か教えてやるよ。

それから一週間、ミゲールは教えつづけた。普通じゃないことを教えこんでやる、とミゲールは思っていた。自分の名前や、ひと握りの言葉より、もっと難しいことを。そんなわけで、ニラのお気に入りの小説のひとつ、『虚栄の市』の出だしを犬に教えこむことにした。サッカリーによるその小説は、すべての英文学専攻の学生の頭を爆発させる。文章はときに紆余曲折しながらえんえんと続く。こんなふうに。

十九世紀もまだ十年代のころ《ホワイル・ザ・プレゼント・センチュリー・ワズ・イン・イッツ・ティーンズ》、六月のある晴れた朝《アンド・オン・ワン・サンシャイニー・モーニング・イン・ジューン》、チズイック・モールのピンカートン女史が経営する良家子女のための学校の大きな鉄門に向かって、三角帽子に鬘頭《かつらあたま》のでっぷりした男が御者席に座る立派な自家用の馬車が、輝く馬具を装着した堂々たる体軀《たいく》の二頭の馬に引かれ、時速四マイルのスピードでやってきた。

だがミゲールの仕事は、驚くほどうまくいった。

ベンジーは、ミゲールが繰り返してほしいと思っている音を（正しい順番で）出せばいいと理解すると、音を繰り返した。このビーグルが頭のいい（というか、普通以上であることは認めるが）オウムに匹敵するとわかって、ミゲールは喜び、これまで埋もれていた動物トレーナーとしての才能を誇らしく思った。ただ、これは異常ではないかという考えがよく頭をよぎった。ビーグルが三角帽子や堂々とした馬やピンカートン女史の経営する女学校の鉄門の件《くだり》をすらすらと語るようになったのだ。だがそれでも、自分の犬（ベンジーはあっという間に「ミゲールの犬」になっていた）が『虚栄の市』の一ページかそこらをそらんじたときのニラの顔に浮かぶ表情を想像すると、異常さには慣れてしまった。

しかし、そんなときは訪れなかった。

家のなかの風向きが変わった。「お金」事件のあと、ニラはベンジーを嫌うというよりは、むしろ腹黒いと考えるようになった。マジヌーンが黙っていることから、怖がる必要はないと思ったが、ふと気づくとベンジーがじっとこちらを見ていて、不安になることもたびたびあった。ついには、ニラはベンジーが同じ部屋にいると、働けなくなってしまった。そこでベンジーは閉めだされ（扉を閉められ）、ミゲールが帰ってくるまでは、一日のほとんどをひとりでいるか、マジヌーンと過ごすようになった。

ミゲールはというと、マジヌーンのことを面白がりながらも、明らかに馬鹿にするようになった。ニラがマジヌーンに知性があるといいはることに対して、自分が抱いている疑いをときどきあらわにした。ミゲールの懐疑論はいつも、ベンジーに「ごろん」や「死んだふり」をやらせたあとに続いた。そういった芸をすることが、ベンジーの特別な知性の表れだといわんばかりだ。もちろん、ニラはマジヌーンにそんな恥ずかしいことをさせはしなかった。やってみて、などとは断固としていわない。マジヌーンには心からの敬意を持って接しているのだ。知性があることはよくわかっているのだから、それをわざわざ証明するために、カーペットの上で転がって、などといえるわけがない。

ベンジーがミゲールにすりよっていることを、マジヌーンは大目に見ていた。また、自分に対してミゲールが向けてくる蔑《さげす》みの奥にあるものはわかっていたが、蔑みそのものは理解できなかった。おそらくひとつには、「知性」が格付けの基準になりうるとは思いもしなかったからだ。人間が「知性」と呼ぶもの（一般に認められたさまざまなものの名前を知っていること。ある種の頭のよさを必要とするものを理解できること）は、以前の犬としての暮らし（「考えること」によって一掃された前の暮らし）で覚えている「知っていること」にくらべると、あらゆる面で劣っているように見えた。それでも、「ごろん」や「死んだふり」をするという理由で、ミゲールが自分よりベンジーのほうを上に見ているとわかったときには、マジヌーンは驚いた。

いや、それだけではなかった。マジヌーンは、おそらくミゲール自身よりも、ミゲールの行動の奥にあるものに気づいていた。それは明らかに、ベンジーが自分の地位を上げようとする企てだった。ニラの地位を奪おうとしているのだ。そう考えると、マジヌーンは我慢ならなかった。そのこと自体に我慢できないだけではない。そう考えるだけで、自分が体験してきたつらい記憶がよみがえってくるのだ。だが、何ができるだろう？　あの小さい犬にはすでに忠告した。だとしたら今度は、嚙みついて殺すしかない。それしかない。しかし、そんなことが本当にできるだろうか。そんなことをしたら、自分の一部を殺すことになってしまう。かつての自分の生活、群れや犬らしさや林と、決別することになるのだ。

ベンジーはというと、ミゲールがほめてくれるわざを身につけて上機嫌だった。また、ミゲールのマジヌーンに対する蔑みから、自分もつい、そんなふるまいをするようになっていた。たとえば、マジヌーンに英語を教わっているとき、ベンジーはマジヌーンが自分に覚えさせようとする単語をいって、繰り返してから、次の単語に移っていいかたずねるのが常だった。だが、ミゲールといっしょに過ごすようになって、マジヌーンの発音が不正確であることがわかり、マジヌーンのいうとおりに覚えると、人間には伝わりづらいことを知った。そこで、たとえば「夜《イヴニング》」という単語を教えられたとき、ベンジーは思いきってマジヌーンの発音を訂正した。礼儀を欠かないように正したが、人間の言葉をいちばん知っているのはマジヌーンではなく自分だ、といわんばかりにだった。『虚栄の市』の一ページ目を（理解はしていないものの）覚えたころには、それまでの関係を逆転させるような態度をとりはじめていた。二匹でいっしょに伏せているとき、自分がマジヌーンの背中に頭を（軽く）乗せたり、餌が出てくると、マジヌーンより先に行って、自分の分を食べる前にまず、マジヌーンの器の中身のにおいをかいだり、可能なかぎりマジヌーンの前を歩いたりする。ただ、ベンジーは自分がそうしていることに気づいていなかった。無意識の行動だったのだ。しかしマジヌーンは気づいていた。

ある日の午後、ニラが二匹のために、裏口の扉を開けておいてくれた。外の空気がちょっと吸えるようにということだったが、マジヌーンはこの機を逃さなかった。二匹で裏庭の真ん中に出たところで、マジヌーンはベンジーの首の後ろに噛みついた。喉笛に歯を沈ませて一気に片をつけるつもりが、紙一重でベンジーが頭をそらしてまぬがれる。ベンジーは鳴き声をあげながら、自分の過ちを悟った。マジヌーンは思っていたような相手ではなかったのだ。

地面には雪が積もっていた。濡れて滑りやすい。雪のおかげでベンジーは助かった。マジヌーンはベンジーをくわえ、コンクリートの階段に叩きつけてやろうとして、滑った。そのすきにベンジーが体をくねらせてマジヌーンの口から逃れて叫んだ。

——ニラ！

しかしすぐに、マジヌーンが追いかける。

裏庭のフェンスに、裂け目があった。ベンジーの体が（きっと！）通れるくらいの裂け目だ。ベンジーは一目散にかけていき、そこに飛びこんだ。ところが、すきまは十分とはいえなかった。どうにか抜けられそうではあったが、手間取ったために、ぎりぎりのところでマジヌーンにふたたび噛みつかれた。さらに血が流れる。それでも、マジヌーンがしっかり食いつくことはできなかった。ベンジーは、それこそ全身の筋肉を使って、裂け目を通りぬけた。必死に走り、ふりかえりもしない。その必要はなかった。マジヌーンはベンジーを殺したい、ただそれだけだったのは、お互いによくわかっている。

理由などあってないようなものだった。

二匹のために扉を開けて十分ほどたったころ、そろそろなかに入るかな、と思ったニラが戸口に現れた。裏庭の雪が、ところどころ乱れていた。二匹がとっくみあったり、転んだりしたところに、緑がかった黒っぽい土が出ている。マジヌーンが立ってニラを見ている場所からそう遠くない雪の上に、血が点々とついていた。

――ベンジーは？　とニラがきいた。

マジヌーンは首をふった。

――逃げたの？

マジヌーンはうなずいた。

――なかに入りたい？

それには答えず、マジヌーンは裏口からなかに入った。濡れた毛がニラのパンツをかすめる。ニラはベンジーが無事か知りたくてたまらなかったが、質問しないほうがいい気がした。その晩、ニラはミゲールにベンジーが消えたことを、事情は知らないながらも、とにかく伝えた。それから数週間のあいだも、何があったのかマジヌーンにきくのはよくない気がした。けっきょく、ニラたちがベンジーの話をすることは二度となかった。

3　アッテカスの最後の願い

オリンポスという都市は、オリンポスという山の頂にある。それ以上の説明はない。というのも、どんな都市もそうであるように、オリンポスはそれを映す無数の心によってつくられているからだ。オリンポスじゅうを旅すれば、都市をつくった想像力を目の当たりにすることになる。その創造主は神なので、オリンポスは人間の言葉では表現できない。英語でいうとしたら、「なんでもない《ナッシング》」「どこでもない《ノーホエア》」がもっとも近いだろう。もちろんそれは「何か《サムシング》」で「どこか《サムホエア》」でもあるのだが。そして、オリンポスを映す最高の鏡でもある神々の父ゼウスは、息子たちのことで心を曇らせていた。

多くの理由から、ヘルメスとアポロンは賭けをしたことを秘密にしようとしてきた。だが、ほかの神々は神であって、秘密にしておくことなどできるはずがない。犬たちの奇妙な行動は、そういうことを気に掛けている神々にはすぐに目についた。その奇妙さが現れたのはなぜなのかは不明だったが、だれの仕業かは明白だった。ヘルメスは地上でほとんどの時間を過ごしていたし、アポロンは地上の生き物に魅了されていたからだ。そんなわけで、この兄弟はどうしてそんなことをしたのかとうるさくきかれることになった。しばらくするとふたりは、その犬たちと自分たちは関係ないと主張するのに疲れてしまい、ついに認めた。十五匹の死について賭けをしたのだ、と。白状したことで、ふたりは神々のあいだに狂乱の種をまいてしまう。というのも、ほかの神々もすぐに賭けを始めてしまったからだった。

息子たちのしたことを知ったゼウスは、すぐにふたりを呼びよせた。

——なぜそんな残酷なことをした？　とゼウスがいった。

——何が残酷なのです？　とアポロンはきいた。命に限りのあるものたちは、苦しむのが定めです。われわれが何かしたからといって、いっそう苦しめることになりますか？

——そのとおりです、父上、とヘルメスがいった。あの生き物たちを苦しめたくないのなら、父上の手で葬り去ってください。

——苦しみは、それぞれが持って生まれた限界を越えるべきではない、とゼウスがいった。かわいそうだが、犬の心は人間ほど大きくないのだ。疑心には耐えられず、死がやってくることを知ることにも耐えられない。犬はその感覚や本能のせいで、人間の倍苦しむことになるだろう。

——人間も獣だとはおっしゃらないのですね、とアポロン。

ヘルメスが笑った。

――人間についてひとつだけ確かなのは、人間にも獣らしさはある、ということです。

――おまえたちふたりは、人間より劣るがな、とゼウス。

――馬鹿にしないでください、とアポロン。

――おまえたちを罰しないことに感謝するがいい。すでに痛い目にはあっただろう。ただ、あの生き物たちにこれ以上手出しはしないように。もう十分だろう。あのものたちが自ら平安を見出せるよう、手出しは無用だ。


その瞬間から、ゼウスの意志はすべての神々の知るところとなり、ほとんどはゼウスの命《めい》が守られた。神々は犬たちに干渉しなかった。だが皆無ではなく、意外な方面から手が差しのべられた。ゼウス自身からだ。神々の父であるゼウスは、お気に入りのアッテカスを憐れに思い、犬たちの生に干渉した。

ベンジーとくらべると、アッテカスは考え深く、感性が鋭い。ある意味、利他的だ。筋金入りのリーダーで、本能のままに決断を下すことができる。あるいは、そうしがちだ。そのうえ、強硬手段に出るときには、思考を一旦停止して、迷わない。だが、冷静なときには、感性の鋭さを発揮して、自身のふるまいをふりかえることもある。言い換えると、アッテカスには良心がある。そしてその良心こそが、アッテカスを信仰と呼べるものに導いた。

動物病院での晩からそれほどたたないうちに、アッテカスは確信した。おれのなかの「犬」が死にかけている。大惨事だ。以前のやり方をすべてなくしたら、取り返しのつかないことになる。当然、そこからアッテカスは自分を犬たらしめているものがなんなのかを考えることになった。感覚、だろうか。たぶんそうだろう。ただ、こうなってもまだ、自分は目や耳や舌の感覚を失っていない。では身体的なことだろうか。それもあるだろう。走るとき、水を飲むとき、爪で地面をかくときの感じ。だが、体の感じも変わってはいない。けっきょく、アッテカスは、自分を犬たらしめているものをあげていくうちに、考えが変わった。自分のなかでも、いっしょにいた十一匹のなかでも、犬的なものは死にかけていない。新しい考え方、新しい視点、新しい言葉によって、それが隠れているだけなのだ。この新しい邪魔なものを、どけなければならない。景色を見渡すために、カーテンを開けるように。

変化後の最初のころは、以前の暮らしの記憶は鮮明で、それがアッテカスを導いてくれた。そのころはまだ、以前の暮らしの記憶にみんなが憧れていた。なかには当然、その気持ちがとても強い犬もいた。奇妙な言葉を使わず、ねじれた考え方をせず、感覚を失わずに生きている。そういった以前のやり方にもどろうというアッテカスに賛同する犬を見つけるのは、たやすかった。理想を実践するために、群れで脅威を排除した。つまり、マジヌーン、アイナ、ベル、プリンス、ボビーを殺すか追い払うかしたのだ。アッテカスはほっとした。これで犬らしい生き方ができる。

邪魔ものの駆除がすんだ直後から、群れはアッテカスの掟に従うことになった。

1　奇妙な話し方は禁止。これは何をおいてもいちばんの優先事項になった。アッテカスは自分が死ぬ日まで、消えた犬を思い出させるものを嫌悪していたからだ。たとえばこれ。

日の降りそそぐ世界では、小さな
動物たちがちょこまか走る
光を避けるぼくは
隣り合ってかすむ闇に引っこむ

2　強いリーダーを置く（つまりアッテカス）。
3　いいすみかをつくる。
4　弱いものは立場をわきまえる。

殺した仲間のなかで、アッテカスが良心を痛めた相手が一匹だけいた。ダックドッグのメスのボビーだ。アッテカスと双子のフリック・フラック兄弟とマックスは以前の暮らしにもどりたいあまり、ふるまいが犬とはかけ離れたものになっていた。仲間とともに熱に浮かされたようにダックドッグを殺したのは、今にして思えば恥ずかしいことだとアッテカスは感じていた。いや、もっと悪い。小さい犬を殺したことは、自分が、というか、自分たちが大事なことを見落としていた証拠だ。それは、だれも侵してはならないこと、つまり格付けだ。二匹の小さい犬が逃げたことで、それがはっきりした。

ベンジーとドギーがいなくなった朝、アッテカスは群れに問題が起きそうな予感がした。頂点と底辺の犬という対称的なアッテカスとベンジーは、格付けの両端のまったく違う立場から同じ考えに行きついた。けっきょく弱い犬は、常に必要なのだ。低い地位の二匹がいなくなったことで、重要なものが「欠けた」。底辺にぽっかり穴が空いてしまった。思いがけず、群れは弱いものが必要になった。体格も力も群れで頂点の犬はアッテカスのままだ。フリックとフラックならいっしょにアッテカスに襲いかかる機会はあったかもしれない。だが、戦いを挑んだら、ただではすまないし、そのことは群れのみんながわかっていた。では、フリックかフラックをあの二匹の代わりにしたらどうか。それは考えるまでもない。この双子は異常なくらい結束が固い。最下位になることなど、どちらも受け入れるはずがない。残るはロージーとマックスだ。

みんながふたたび元の犬にもどっていたら、その役は明らかにロージーだっただろう。群れのなかでいちばん弱いわけではなかったが、ロージーはメスだ。オスたちにとって、それは地位が低いということだった。しかし、アッテカスにとってロージーは重要な存在になっていた。アッテカスはロージーのにおいを独り占めしたくなっていたのだ。そしてそんな自分の気持ちに戸惑い恥ずかしく思ってもいた。ロージーは発情していないし、アッテカスは交尾したいわけではない。それはなんともいいがたい、これまでにない感情で、犬の言葉では表現できない倒錯だった。

(アッテカスは、背くことに過敏だったが、「罪」という概念を知らなかった。もしも知っていたら、ロージーに対する感情は――自身の考えからすると――罪だと認めたかもしれない。そんな感情は犬の本性に背いている。だが、心地よくてたまらなかったのだ。アッテカスとロージーはときどきほかの犬から離れ、ウェンディゴ池のそばにすわって、禁止の言葉で話した。だれかに見つかったら、アッテカスは、自分たちは決まりを破ってはいない、といいはっただろう。あの黒い犬のときとは違って、自分たちの会話に深い意味などない、と。このメス犬は友だちか、副官のようなもの。それだけなのだ。だから、自分は悪いことなどしていないといいはったかもしれない。だが心の奥ではそうではないとわかっていた。二匹の関係はセクシャルなもので、ただ、生殖のためのものではなかった。)

そんなわけで、マックスが群れの最下位の犬になった。

だが……マックスは協力的ではなかった。上の地位をもらって当然だと思っていた。不要なやつらを群れから排除するのを手伝ったのだから。マックスが不服に思う点はアッテカスにも理解できた。しかし、群れは変わったのだ。マックスも変わらなければならない。さもなければいやな目にあうしかない。

だが……いやな目にあったのはマックスではなく、ほかの犬のほうだった。マックスは頑としてマウンティングさせようとしなかったので、攻撃され、脅され、噛みつかれた。フリックとフラックは一組になって襲った。一匹が首を噛んで押さえつけているあいだに、もう一匹がマウンティングする。その点はアッテカスのほうが簡単だった。なにしろアッテカスは群れのリーダーなのだ。好きなときにマウンティングする権利があることを、マックスは憤りながらも認めていた。問題はロージーだった。ジャーマン・シェパードのロージーは自分の意志を貫けるくらいは強かったが、マックスが反抗した。自分のほうが優っていると確信している相手にマウンティングされるなど、我慢できない。

そのためロージーがなかなかマウンティングできないことがあり、その場合はアッテカスがうなってマックスを脅し、耳に噛みついて服従させた。だが、それは犬がすることではなく、みんなにもそれがわかっていた。マックスが自分の地位をかけて戦うのは当然なのだ。なのになぜ、アッテカスは邪魔をする？　けっきょく二匹の小さい犬が消えたことは、残りのすべての犬にとって災難になった。ぴりぴりした朝が始まり、同じくぴりぴりした夜が終わるという日々が続いた。

アッテカスが祈りだしたのは、この時期だった。

理想の、というか純粋な犬のイメージはすでに持っていた。考えに間違いや欠陥がひとつもない犬だ。時がたつにつれ、アッテカスはこう思うようになった。その純粋な犬はアッテカス自身が立派だと信じるあらゆる資質を備えているのだ、と。鋭い感覚、絶対的な権力、完璧な狩りの能力、圧倒的な力。どこかにそんな犬がいるにちがいない、とアッテカスは思った。なぜか。それは理想の犬が持っている資質のひとつは「いること」だから。存在しない「理想」の犬は、真の意味で理想になりえない。したがって、アッテカスが考えるように、「犬たちの犬」は存在しなければならない。いなければならないのだ。(理想の犬は赤がなくても存在する、とアッテカスは考えていた。つまり、群れの犬たちは変化によって赤という色が見えるようになったが、その赤がなくても、ということだ。)考えていることはまだあった。アッテカスが思う純粋な犬がいるのなら(いなければならないのだが)、どうして、導いてほしいというこの熱意を感じないのだろう? どうしてこちらを向いてくれないのか。

アッテカスは自分の気持ちに従った。理想の犬を崇めるようになったのだ。やがてすみかから離れたところにいい場所を見つけた。グレナディア池の向こう岸で、背の高い草や木におおわれている。アッテカスは地面から落ち葉を払うと、自分が狩ったり漁ったりしたものの一部を毎晩そこに運ぶようになった。毎晩、同じ時刻に。パンのかけら、ホットドッグの切れ端、大小のネズミ、小鳥、その他、群れの食べ物で自分の分から取り分けたものはなんでもだ。そして、禁止している言葉を使って、毎晩語りかけた。どうか導いてほしい、あなたについていく準備はできている、と。

神は繰り返しのリズムに弱い。それはこの世界や、そこに住むすべての生き物と、同じだ。そんなわけで、アッテカスが決まった時間に長々と祈り捧げて繰り返す儀式は、ゼウスの目にとまった。神々の父であるゼウスはこの犬の願いを耳にし、捧げ物と信仰に心を動かされた。そこで、アッテカスの夢に現れた。アッテカスと同じナポリタン・マスティフの姿で。ゾウの皮膚を思わせるしわしわの体。あごの垂れ肉は灰色の滝のようだ。ゼウスは群れの新しい言葉でアッテカスに話しかけた。

――アッテカス、とゼウスはいった。わしはおまえが崇めているものだ。

――来るとわかってました、とアッテカス。教えてください。自分がもっと上等な犬になるにはどうしたらいいのか。

――おまえはもはや、犬ではない。変わったのだ。しかし、おまえはわしのものだし、おまえのその運命は憐れに思う。わしはおまえの生に手出しすることはできない。自らそれを禁じているのでな。だがおまえの願いを、死に際にかなえてやろう。おまえの魂が天にのぼる直前に、どんな願いでもかなえてやる。

――ですが、偉大なる犬《グレイト・ドッグ》よ、死ぬとわかっているのに、願いがかなってなんになるのです？

――わしにできるのはそこまでだ。

その言葉とともに、ゼウスは夢のなかで灰になり、舞いあがった。下には明るい緑の野が広がり、無数の小さな黒い生き物が走っていた。

それから数か月間、アッテカスは自分の祭壇に通いつづけ、ゼウスに語りつづけた。グレイト・ドッグが自分の願いを聞いてくれたことに慰められたし、自分が想像していたものをグレイト・ドッグに気づいてもらえたことがありがたかった。しかし祈りつづけても、群れの悲劇を避けることはできなかった。まず、フリックとフラックがマックスに重傷を負わせ、アッテカスがとどめを刺すことになった。次に、フリック、フラック、アッテカスが、群れにもどってきた小さな犬（ドギー）を殺した。それは事故だった。血を見たいという大きい犬たちの欲求が一気に燃え上がってしまったのだ。群れがうまくいかなくなったのは、こいつが消えたせいだ、という怒りが爆発した。（アッテカスはこの罪について、ゼウスに許しを乞うた。このとき、ベンジーを殺さなかったという、ちょっとした奇跡が起きていたのも事実なのだが。アッテカスたちは本能に駆られたように見えるが、じつはただ怒りに任せて多くの犬を殺してきたのかもしれない。それを思い知らせるかのように、ボビーが痛々しい犠牲となり、それでも足らず、ドギーまでが死んだ。暴力に至るには、理由にならない理由がいくつもあるということなのだ。）そして最後に、群れは毒を喰らうことになった。

群れが初めて死の畑まで遠征したとき、アッテカスはフリックとフラックについて畑に入った。地中から豊富に出てくる食べ物は、夢に出てきたグレイト・ドッグからの贈り物だと確信した。初めて死の予兆を感じたのは、鶏肉を食べているときだった。肉を噛んだとき、犬のおもちゃのにおいがしたのだ。そんな味はするはずがなかったが、鶏肉の味もしていたので、気にしなかった。だが、死がカーテンの後ろから踏みだしてきたのは、それからすぐだった。鼻から血が流れだした。水をちゃんと飲めない。はらわたが焼けている。アッテカスはほかの犬よりたくさん食べていた。だから、症状が最初に表れた。

何かおかしい、とはっきり気づいたのは、死の畑で三度目のごちそうにありついたあとだ。群れに何をされたのかわからなかったが、何かされたのはわかった。生き物かどうかはわからないが、何ものかが群れに何かしたのだ。そして、アッテカスはリーダーではあったが、できることはなかった。だから、群れの犬たちが死を迎えるために林にもどろうとしているなか、アッテカスは祭壇へ向かった。そのころには喉の渇きが炎のように猛《たけ》り狂い、骨や腱にまで燃えうつろうとしていた。死が襲ってきていた。アッテカスにはそれがわかった。

最期に、アッテカスは願いを口にした。群れを死に追いやったやつを罰してください、と。そして死んだ。変わらぬ信仰心を持ったまま、見えない敵は神の手で懲《こ》らしめてもらえるのだという希望に満たされて。

マジヌーンの怒りからは逃れたものの、どこへ行けばいいか、何をすればいいか、ベンジーにはわからなかった。自分はミゲールとニラとマジヌーンと暮らすものと思っていた。家にとどまって、人間の言葉を覚えるのだ、と。だがそれはなくなった。あの黒い犬は大げさなんだよ、とベンジーは自分にいいきかせた。ぼくのやったこと（たとえば、ミゲールの歓心を得ようとすること）は無害だったし、まずかったとしても、ちょっとやってみただけのことじゃないか。ベンジーには、マジヌーンに噛みつかれるようなことをした覚えがなかった。だから、確信していた。黒い犬はきっと、我に返ったら、ぼくをもどしてくれるだろう。だけどそれまで、どこにいたらいい？

四月の第三週に入り、季節は春になっていた。木の陰になっている庭やハイパークにはまだ雪が残っている。とはいえ、外で過ごすのに、最悪の時期というほどではなかった。日中なら通りは乾燥していて暖かい。それにもちろん、ベンジーは公園の周辺をよく知っている。パークデイルかハイパークにとどまるなら、避けないといけない犬がいるが、そういう犬はいつも素早く見つけることができたので、怖くはなかった。（最悪なのは白い体に黒いぶちの犬、ダルメシアンだ。それほど攻撃的ではなく、ときにはほかの犬のほうがよっぽど危ないが、ダルメシアンは疑いようもなく、この世でいちばん頭がおかしい。猫さえくらべものにならない。どんな言葉を使おうと、やつらにいいきかせるのは無駄だ。さらに悪いことに、いつ飛びかかってくるかわからない。ベンジーはほかの犬を嫌う性質《たち》ではなかったが、一部の人間がスティーヴとかビフとかいう人間を嫌うように、ダルメシアンを嫌っていた。）

ファーン・アヴェニューとロンセズヴェイルズ・アヴェニューが交わる十字路で、ベンジーはどこへ行こうか考えていた。そのとき、赤ら顔の年老いた男がしゃがんでベンジーを抱きあげた。

——よしよし、ワン公、名前はなんだ？　おチビちゃん、名前は？

最悪だった。ベンジーは臭いウールの池にずぶずぶ沈んでいく気がしてもがいた。男がオーバーのポケットからビスケットを取りだした。砂糖と魚と人参とラム肉とライスのにおいがする。信用ならなかったが、ビスケットのにおいは魅惑的だった。ベンジーは暴れるのをやめた。あらためて鼻をひくひくさせると、塩、菜種油、ローズマリー、人間の汗、リンゴのにおいがかすかにした。

——それ何？　ベンジーは英語でたずねた。

犬に英語で話しかけられるのはあたり前だといわんばかりに、男は答えた。

——ビスケットだ。犬は好きなんだってな。おまえはほしくないのかい？

ビスケットのほうに鼻を寄せてかいでみて、ベンジーは思った。これはこの人間がいったとおりのものだ。食べ物。ベンジーは男の手からビスケットをもらって、口の片側の歯で噛んでみて、けっきょく、そのなんだかよくわからない、なんとも忘れがたいおやつを平らげた。

――ありがとう、とベンジーはいった。

男はベンジーをおろすと、どこか上の空で背中の毛をなでた。

――どういたしまして、と男はいった。気に入ってもらえて、こっちもうれしいよ。さてと、もう行くよ、ベンジー。またあとでな。

少ししてベンジーは気がついた。男はベンジーの秘密の名前を口にした。ということは、自分のことを知っているのだろうか。ベンジーは年老いた男が去ったほうを見て、ほとんど本能のままに男を追いかけた。これが思いの外、たいへんだった。経験上、さっきの男のような、ウールや甘い尿や汗のにおいや腐敗臭のする人間は、ほかの人間とくらべて動きが鈍いものだ。なのに、この男は違った。歩くのが速い。おまけにこの日、ロンセズヴェイルズ・アヴェニューは混んでいて、障害がたくさんあった。ベビーカーを押す女、ほかの犬、そして最悪なのは、ぶらぶら歩きの人間だ。いつも踏まれそうになるし、邪魔だと蹴られそうになる。さらに、気をひくものもたくさんあった。郵便ポスト、街灯、ごみ箱、電柱、スーパー〈ソビーズ〉のサワーミルクやロートスチキン、パン屋のラズベリージャム、通り沿いのデリカテッセンのソーセージやチーズ……立ち止まってにおいをかぎたくなるものが次々に出てくる。だが男についていかなければならない。ベンジーは必死に追った。男のパンツの灰色（灰の色だ）の後ろに絶えずついていった。当の年老いた男（人間に変身したゼウス）は南へ歩いてロンセズヴェイルズの端まで行くと通りを斜めに渡って、そこで待っていた市電に乗った。後先も考えず、ベンジーも飛びのると、直後に扉がしまった。男はすぐに見つかった。いちばん後ろの座席にどっかりすわっている。ベンジーは立ちあがって、男の脚に両の前足を乗せた。犬にしつこくせがまれるのは、いつものことだといわんばかりに、男はベンジーを窓側の席に乗せてくれた。

ベンジーのなかでいろんな気持ちが渦巻いていた。市電に慣れていないせいで、動きや音に面食らってしまう。（ベンジーが最後に市電に乗ったのは何年も前で、女主人といっしょだった。まったく楽しくなかった。）だが、今は隣にさっきの年老いた男がいる。独特の存在感があるが、親切だ。ベンジーにわかっていることがひとつあるとしたら、この親切は罠《わな》かもしれないということだ。だがけっきょく、窓が、ベンジーを落ち着かせてくれた。というか、不安を紛らわせてくれた。ちょうど鼻をつきだして、いいにおいでいっぱいのクイーン・ストリート界隈《かいわい》を堪能できるくらい、窓が開いていたのだ。カビ臭いマーガリンのにおいのするパークデイルから、ハトの糞でできているみたいなにおいの橋を過ぎて、草地や尿のしみついた柱、ほこりや香水や新しい布のにおいを出しているブティックの前をいくつも通ったあと、なつかしい界隈、ウルシやカエデの木々のあるところにもどってきた。そこは鉄錆と魚のにおいのする湖。いつも魅力的なにおいを放っている場所だ。思わず、うっとりしてしまう。うっとりしているうちにレスリーヴィルまで来ていた。そしていつのまにか、年老いた男は隣にいなかった。いつ消えたかは神のみぞ知るだった。

市電は混んでいなかったが、だれかがベンジーのことで文句をいったのだろう。人間の糞のにおいのする場所を通り過ぎて（人間の糞はいろんなものが混ざっているすてきなにおいがするのだが、その場所のにおいには死の畑を思い出させるものも入っていた）、ウッドバインに着いたとき、市電の運転手がベンジーの前につかつかやってきた。

――だれの犬だ？　運転手が声をはりあげた。

とても友好的には見えない。

ベンジーは運転手に捕まる前に席を飛びおりた。市電の前方へかけていって、開いている扉から転がるように急なステップをおりる。そんなわけで、思いがけず、ベンジーは新しい世界に飛びこむことになってしまった。まったく知らない、少し恐ろしいところだった。ガソリンスタンドを通り過ぎ、南へ向かう。本能に導かれ、湖のほうへ歩いていた。

ほどなく、湖岸に着いた。木々はまだ裸のままで、芽吹いたばかりの葉がライムグリーンのこぶのようについているだけだ。一年の特にこの時期、犬は自分だけではどうしようもなくなる。とにかく噛みつくものが必要になる。まるで歯そのものが欲望を持ったかのようになるのだ。そこで、ベンジーは早速しなやかで頑丈な小枝を折りとると、嚙みながら、どこへともなく岸辺を歩きだした。足の下の砂が冷たく固い。

アポロンに変えられた十五匹のうち、ベンジーは新しい考え方といちばんうまく折り合うことができた。本来、利己的なベンジーは、自分の知性のほとんどすべてを自分の不足や必要を満たすためと、欲望や思いつきをかなえるために使った。なんの得もないのに考えこむことなど、あまりしない。ところが変化後はたまに、いわゆる、知性が自分の意思を持っているかのようになることがあった。たとえば今も、広大な湖を見渡しているうちに、どうしてこれがここにあるんだろう、とベンジーは考えていた。どうしてこれは青くて、地面がないんだろう？　どこまで広がっているんだろう？

そうした考えが浮かんだとき、ふと、姿を消した犬がいっていたことを思い出した。

木の葉がネズミのように走る
鳥が地をついばむ
鉢植えの木が腐っている
不気味な斧《おの》が最後《クライマックス》の山場

だがベンジーの頭はすぐにほかのもっと重要なことに向かった。何を食べたらいい？　夜はどこで過ごす？　ここ（どこまでも続く広い水のそば）の人間が、ハイパークのそばの人間みたいだったら、面倒を見てくれる主人がきっといるだろう。固い枝を噛みながら、ベンジーは湖岸を東へ歩きつづけた。

いい気分になっていたベンジーは考えにふけっていたために、そろそろと近づいてくる雑種に気づかなかった。姿が目に入ったときには（雑種が何をするつもりかすぐにわからず、ほとんどパニックになった）、雑種はかけよってきて、飛びはねたり、ベンジーの尻や性器のにおいをかいだりしたあと、死ぬほどうれしいよ、というふうに吠えまくった。

――きみはぼくの群れにいた小さい犬だよね！　と雑種がしっぽをちぎれんばかりにふりながら、いった。

十五匹だけが理解できる言葉だ。ベンジーは、あの消えた犬だと気づいた。たしかにプリンスだ。（生きていると思いもよらないことが起きるものだなあ、とベンジーは思った。ちょうどこの犬のことを考えてたんだよな、と。）

――あんた、消えた犬だよね。どこへ行ってたの？　とベンジーはたずねた。

――まだ覚えてるんだ！　とプリンス。きみ、ぼくたちの話し方を覚えてるんだね！

喜びすぎて、言葉では表現しきれなくなったプリンスは、舌を出しながら、ベンジーのまわりをぐるぐる走りはじめた。喜びを追いまわし、その喜びに駆りたてられているといった感じだ。ベンジーはプリンスのかけまわる理由がもちろんわかっていたが、いっしょにはしゃぐ気にはなれなかった。なにしろ、マジヌーンと奇妙な暮らしをしたあとだったし、その前には、群れのみんなを殺してきたのだ。プリンスがほぼ全滅した群れの一員だと思うと、ベンジーの気持ちは沈んだ。

――ちょっと、止まってよ、とベンジーはいった。

――ぼくが群れを出て、ずいぶんたったんだよ！　とプリンスは叫んだ。ぼくたちの言葉はなくなってしまったかと思っていた。

――ぼくたちの言葉なんてどうでもいい、とベンジー。大事なのは人間の言葉だ。

――人間の言葉？　うるさいだけじゃないか。きみ、話せるの？

――話せるよ、とベンジー。よかったら、知ってることを教えてあげようか。

――二言、三言、教えてもらおうかな、とプリンスはあまり気乗りしない調子でいった。

ベンジーは湖に向かって歩きつづけた。湖のつんとするにおいに誘われている。こいつが人間の言葉を覚えずに無知でいようとしたって別にいいけどね、と思い、またきいた。

――あんた、どこへ行ってたの？

プリンスはベンジーと最後に会って以降、いろんなところへ行っていた。だが行った場所はどこも、自分が逃げだした場所（ハイパークの林）や出なければいけなくなった群れほどは、大事に感じられなかった。

――ほかのやつらはどうなったの？　とプリンスがきいた。

ほとんど感情をこめず、ベンジーは起こったことをかなりはしょって伝えた。みんな死んだ、とベンジーはいった。知らないやつの毒を食べたんだ。ぼくはぎりぎりのところで逃げた、と。ベンジーはプリンスに、乱暴に、マジヌーンのことはひと言もふれず、群れの壊滅を教えた。

プリンスの気持ちは一瞬のうちに、空の高みから地の底に落ちた。歓喜が、次の瞬間、絶望に変わった。プリンスは後ろ足で立ちあがって声をあげた。たがはずれたように、なんとも悲しげな声で泣きはじめる。その声は、遠くの人間でさえ足を止めて耳をすますほどだった。

――ぼくたち、群れの最後の生き残りなんだね、とプリンス。

――ああ、とベンジー。とても悲しいね。だけど、あんたはどうしてたんだ？

ベンジーはプリンスの運命には興味がなかった。知りたかったのは、プリンスが何か使えそうなことを知っているかどうかだけだ。だが、もともとおしゃべりなプリンスは、細かくベンジーに話して聞かせた。とはいえ、新しい言葉を話す仲間の多くを失ったことはショックで、ひたすら悲しく、ほとんど上の空で語った。

ヘルメスについて林を出たあと、プリンスは知らないうちに、東への長い旅のようなものを始めていた。本当は群れを捨てたくないし、自分にとってとても大事なものを失いたくなかった。新しい言葉だ。公園にとどまろうかとも思った。時間がたって、みんなの怒りが静まるまで、群れを避けて待っていようかと。だが底流に引きずられるかのように、すみかから次第に遠くへ離れていった。

まず、その冬はパークデイルに住む家族に飼われた。幸せだったが、春が来たとき、家族を失ってしまった。リスを追いかけるうちに、見知らぬ場所に来てしまったのだ。ただ、家族を失ったことは、それほどつらくなく、探すつもりはなかった。しばらく、息と耳の奥から腐った魚のにおいがする人間に餌をもらっていたこともあった。その臭い人間は、パークデイルの東に住んでいた。さらに東のトリニティ・ベルウッズ・パークに入ったとき、ジャーマン・シェパードに襲われて負傷し、同情した人間に家へ連れていかれて、怪我が治るまで餌をもらった。その女は、草原から漂うそよ風のようなにおいがした。いっしょに暮らしてもいいと思ったが、少しすると、家に入れてもらえなくなった。

その場所（ダンダース・ストリートとマニング・アヴェニューの十字路の南）からプリンスはさらわれた。まんまと車のなかにおびきよせられたのだ。車は大人が運転していて、子どもがぎゅうぎゅうに乗っていた。たどり着いたのは、湖からずっと北のどこか。アヴェニュー・ロードをはずれた、エグリントン・パークの南だ。プリンスはもともと気のいい性格で、世界と世界にあるものすべてに興味を持っている。だが、この家の子どもたちはプリンスを放っておいてくれなかった。息から砂糖と夏のベリーのにおいがする子どもがだれか、いつでもプリンスの首にまとわりつくのだ。サルの形をしたバンダナみたいだった。それでも、プリンスはそこにとどまった。だいたいにおいて、そこの人間たちは親切だったからだ。ただ一点、人間たちの選んだ首輪が親切ではなかった。チョークチェーン。見るだけで、プリンスは震えあがった。

それは銀の鎖でできていて、端に金属の輪《リング》があった。黒革のリードについている留め金を輪《リング》につなげて使う。その首輪は、ふだんは犬の首からだらんとさがるネックレスのようにゆるくしておくのだが、リードを引くと、ネックレスの輪が狭まって首が絞まった。こうなると、苦しいだけではない。たまにほかの犬に攻撃されたとき、（人間が相手の犬から離そうとしてリードを引くため）首が絞まるか、犬にやられっぱなしになるかを、選ばなければいけなくなる。つまり、窒息するか、噛まれるかなのだ。チョークチェーンのせいで、人間との散歩は毎日の不安の種になった。これ以上とどまっていたらおかしくなってしまう。そう思ったプリンスは、ある晩、自分で玄関の扉を開けて出ていった。

アヴェニュー・ロードとセント・クレア・アヴェニューの十字路まで来ると、プリンスはふたたび東へゆっくり進んでいった。こっちの餌の皿からあっちのおやつへ。ときには人間の家の裏庭で過ごしたり、裏路地やレストランの裏でごみ漁りをしたり。街を渡りながら、湖のにおいを探した。いい風が吹くと、鉄錆と藻のにおいがわかるかわからないかくらいに香る。かすかなにおいは、ごちゃまぜの街のにおいのなかにあっという間に消えた。

トロントをざっくり放物線を描きながら（湖に近い北のハイパークからエグリントン、そこから南東に進んで、ザ・ビーチ地区のヴィクトリア・パーク・アヴェニューとクイーン・ストリートの十字路あたりまで）移動したものの、プリンスには、この街のことをうまく言葉にできそうになかった。大きさについてではない。そんなものには興味がなかった。この街をつくっている要素のことだ。トロントという都市には、特別な重みのようなものがあることは確かだった。ロルストンとは違う。ロルストンはプリンスが生まれた土地、今でも大好きな最初の主人が住んでいたところだ。「ふるさと」。心のなかで求め、これからもずっと求めつづける場所だ。

一方、トロントは何より人間のための場所で、人間たちの温かなすみかで、予測不能な雰囲気があった。この都市からは、そうしたにおいが漂っていた。性器や尻の香しい麝香《じゃこう》のようなにおいから、人間にまとわりついている甘い複雑な香りまで。においはこの街を危険と安らぎの場所にしている。においはこの街のヒントでありポイントだ。プリンスがトロントを心から気に入っている点で、ほとんどの詩を作るときの理由になっているものは、この街の放つにおいだった。どんなことを感じたり、考えていたりしていても、この街では必ず気になるにおいがしてくるのだ。人間だけではなく、もっとずっと気になるもののにおいがした。グレナディア池のあたりに転がっている小動物の腐りかけた死骸のにおいから、ダンフォース・アヴェニューとヴィクトリア・パーク・アヴェニューの十字路あたりに軒を連ねるカレー屋から漂う、よだれが出そうなにおいまで。街が放つありとあらゆるにおいに魅力を感じない犬がいるとしたら、そいつはきっと死んだ犬にちがいない。

このとき、プリンスの旅の話に退屈したベンジーがいった。

——うんうん、そうだね。だけど今、どこで寝て、何を食べてるの？

——どこかひとつの場所で寝てるわけじゃない、とプリンスは答えた。人間が餌をくれたり、なかにいさせてくれたりするすみかを、たくさん知ってるから。

——近くにあるの？　ぼく、腹が減った。

——ひとつ近くにあるよ。連れてってあげようか。

——そこの人間、ぼくに餌をくれるかなあ。

プリンスは一瞬考えこんだ。なじみの場所へほかの犬を連れていったことがなかったのだ。とはいえ、こんな湖のそばで群れの仲間と出会ったこともなかった。群れの仲間？　最後の一匹だ。ということは、だれよりも重要な相手、どんな人間といるよりずっと価値のある相手じゃないか。

——くれないわけないよ、とプリンスはいった。

それからベンジーを長々と歩かせて、ローズ・アヴェニューとジェラード・ストリートの十字路に近い一軒家に案内した。

その家は小さくておんぼろで、一瞬、上下がひっくり返りそうに見えた。白くて（というか、白っぽくて）、ポーチだけがおばあちゃんぽい温かみのある青色に塗られている。すでに夕方近かったが、プリンスがいった。

――ここの人間たちは、こんなに早く起きないんだ。待たなくちゃ。

二匹は並んでポーチに寝そべって待った。待っているあいだ、プリンスは、群れから逃げたあとの話の続きや、この街の印象を語りつづけ、ふいに新しい詩を披露した。

足先で冬の池の縁にふれてみる
水が固い
氷で足の爪が滑る
まだ家は遠い

プリンスの言葉に耳を傾けながら、ベンジーはめったに経験したことのない感じを味わっていた。退屈。退屈という言葉は知らなかったが、その感じは、プリンスに話すのをやめてほしいという、かなりはっきりした願望をともなうものだった。話のなかでプリンスがちっとも戦わないから、という理由からではない。話すことがどれもベンジーにはなんの得にもならないものばかりだからだ。それに、ときどきわからない言葉が出てくるのも、いやだった。だから、玄関の網戸がきしみながら開いて、人間がポーチに出てきたときには、ほっとした。人間は男で、背が高くて、堂々としていた。髪は黒い。

煙草《たばこ》に火をつけ、犬がいるのに気づくと、声をあげた。

——クレア！　おまえの犬が友だちを連れてきたぞ！

すると、家のなかから、くぐもった声が聞こえた。

——え？

——おまえの犬！　別の犬を連れてきた！

ふたたび網戸がきしんで、ピンクのパイル地のバスローブを着た背の低い女が出てきた。髪は男と同じくらい黒い。目のまわりに黒いアイラインを引いている。女は男の煙草を手にとって、思いきり吸うと、プリンスの背中をなでようと、しゃがんだ。

——ハイ、ラッセル。ハイ、あんた。どっから来たの？

女にさわられると、プリンスはびくっと後ろに引いた。わき腹を波立たせている。

——ほらな？　と男。そいつ、ノミがついてるぞ。

――ノミなんていない！　ほっといてよ！

つい最近、ベンジーは「間近で」人間のつがいを観察し、人間の言葉の基礎を学ぶ日々を過ごしていた。おかげで、目の前にいる人間同士の力のバランスがわかって面白かった。さらに、ベンジーはこの時を、自分の居場所を手に入れるチャンスだと見てとった。だから、女がプリンスにノミはついていないといいきったとき、ベンジーは突然後ろ足で立ちあがり、祈るように前足を体の前で合わせ、『虚栄の市』の出だしを暗唱した。

――アイル・ター・プローセント・センドリー・ワース・イーン・イーツ・ティーンズ・アン・アンシャイニー・オーレニング・イーン・ジューン……。

ベンジーが家を出る直前までに覚えたところだけだったが、感心してもらうには十分だった。犬の訛りが邪魔していても、リズムからして人間の言葉を話しているのだと伝わっている。ふたりとも目を丸くして、ベンジーを見つめていた。奇跡だ、といわんばかりだ。丸々十秒過ぎてから、やっと男が口を開いた。

――ありゃ、いったいなんだったんだ？

――わかんない、とクレア。しゃべってた？

突然、男が思いがけない素早さでベンジーの首根っこをつかむと、鼻と鼻をつきあわせた。

――おまえ、しゃべるのか？

もちろんベンジーは、言葉はかぎられているが、しゃべることができた。今は首根っこに全体重がかかっている状態で、話せないだけだ。ベンジーは男の手から逃れようと、もがいた。どんどん苦しくなってくるし、いくらがんばっても、吠えるような憐れを誘うような声しか出せない。

——おろしなよ、とクレア。吊《つ》るされてて、どうやってしゃべれるわけ？

——犬を持ちあげるときは、こうするもんなんだ。

そういったものの、男はベンジーをおろした。

すでにポーチから地面に飛びおりていたプリンスは、群れの仲間を呼んだ。

——行こう、とプリンスはいった。そのでかい人間はいつもいいやつってわけじゃないから。

しかし、ベンジーは男の足元にすわって、期待をこめてしっぽをふっている。

——ほらな、と男。おれはこいつをいじめたわけじゃないんだ。

——うん、でも、ラッセルは怖がってるよ、とクレア。

——それがなんだってんだ。こっちのやつは、きっと芸をするぜ。

それからベンジーに声をかけた。

——ごろん！

ベンジーはいうとおりにした。

——死んだふり！

ベンジーはいうとおりにした。

――ダンス！

ベンジーはいうとおりにした。後ろ足で立って、くるくるきれいに回る。

――話せ！

そこで、ベンジーはふたたび、『虚栄の市』で覚えているところまでを暗唱した。

――このチビ、金のなる木だ、と男。

クレアは「自分の」犬を愛していたが、うなずいた。このビーグル、あたしたちの言葉がわかってるみたい。何より、小さくてかわいいよね。クレアがラッセルに抱いていた愛情のほとんどが、即座にベンジーに移った。

――きっと飼い主がいるよ、とクレアはいった。

――ノー、とベンジー。ノー、ノー、ノー！

――聞いたかよ、と男は笑いながらいった。だれのもんでもねえってさ。それに、預かりもんはこっちのもん、っていうだろ。

――この子を飼うつもり？

――飼わない手はねえだろ。鑑札もついてねえんだぜ。よお、おまえ、名前は？　名前をいえるか？

——ベンジー、とベンジーは答えた。

——ヘニー？　とクレア。

——ベンジー、とベンジーはもう一度いった。

——ベニーだってよ。

男はそういうと、網戸を開けて、ベンジーを家のなかに入れた。プリンスは恐る恐るポーチにあがった。仲間についていくつもりだった。

——だめだ、おまえは。

男はそういって足をつきだし、プリンスをさえぎった。クレアも反対しない。あくびをすると、ベンジーを追ってなかに入り、男のすぐ後ろに続く。男は扉も網戸も閉めてしまった。こうして、プリンスは群れの仲間と再会したときと同じように突然、新しい言葉を話せる最後の仲間を失った。それから何か月も、プリンスはこの家に定期的にもどった。追い払われるときもあれば、なかに入れてもらえるかな、小さい犬と話せるかな、と思いながらポーチですわっていられるときもあった。だがけっきょく、耳の垂れた小さい犬の姿を見たのは、それが最後になってしまった。

男の名前はランディといった。ベンジーはすぐに覚えた。というのもランディが、いってみろ、と教えたからだ。そしてほんの数時間でベンジーがランディのRをいえるようになると、大喜びした。

ランディがいった。

――よお、クレア！　聞けよ、おれが教えたんだぞ。

そこで、ベンジーが名前をいう。ビーグルはフランス生まれだといわんばかりに、舌を巻いてRを発音した。

――ルルルランディ。

人間たちが声をあげて笑う。ベンジーはなぜ名前がこんなに喜ばれるのかわからず、ふたりを見上げて首をかしげた。名前の音にどこか、強力なものがあるにちがいない。というのも、のちにランディがこのゲームに飽きてきたころ、

――おれの名前は？

ではなく、

――気分は？

ときいたときも、

――ルルルランディ。

と答えると、人間たちは前と同じくらい大笑いしたからだ。

このふたりは変だ、とベンジーは思っていた。何か月もいっしょに過ごすあいだ、間近でその

奇妙さを見つづけた。ただ、ごく普通のところもあった。食べたいときに食べる。喉が渇いたら飲む。当然、ふたりの住まいはほしいものがすぐ手にとれるように、いろんなものがそばに置かれていた。キッチンにいるときは、一、二歩で食べたり飲んだりできるようになっている。ここの冷蔵庫は（冷蔵庫はどれもそうだが）その点で特にすばらしかった。縦も横も大きい、薄緑色の箱。幅があって、いやでも目につく。扉を開けると、脂身と砂糖とスパイスのにおいを吐きだすのだ。ほかの隠れた場所も同じくらい魅力的だった。たとえば、上のほうにある戸棚は、ココナッツと砂糖と粉と塩と酢でできているらしい。それから、人間たちが水浴びをしたり、自分たちに薬品を塗ったりする部屋がある。バスルーム。すごく面白い。すでに白い生き物が、自分をいっそう白くするクリームをつけるのを見ていると、驚いてしまう。白い色には地位をもたらす何かがあるんだろうか。もしもそうなら、目のまわりを黒く塗ったり、口を赤く塗ったりすることに、どんな意味があるんだろう？

ところで、バスルームが「びっくり」、キッチンが「すばらしい」なら、寝室はどんな言葉が合うだろうか。あのふたりは寝室にいるときが、いちばん変だ。もちろん、寝室には楽しみがある。みんな（ベンジー、ランディ、クレア）が寝る場所だから。みんながひとつになる場所。ベンジーが群れの一員だともっとも実感できる場所だ。最初のころ、ベンジーはベッドの上の足側に追いやられていた。だが少しすると、徐々に真ん中に近い場所で眠れるようになり、ついには、たいてい朝まで人間たちのあいだで心地よくいられるようになった。そんなわけで、寝室は、人間の体のにおいがいちばん強い部屋でもあった。

寝室で変なのは部屋自体ではない。人間たちの交尾の場所だという点でもない。変なのは、そこで行われる交尾だ。人間たちはたまに、「セックス」と呼ぶものを行った。(何を指しているのか、こんなにはっきりわかることに対して、どうしてわざわざ名前をつけるのか、ベンジーにはまったく理解できなかった。どうして名前をつける? やらなければならないってことくらい、だれもが知っているのに。) そして、交尾自体が変なのではなく、交尾にともなう儀式が奇妙なのだ。

第一に、ランディとクレアはセックスを始めようとするときはいつも、ベンジーをベッドから放りだした。それでもふたりの近くにいようとすると、ふたりとも怒って、どちらかがひどい扱いをする。蹴るか、叩くか、殴るのだ。ふたりがセックスをしているあいだ、ベンジーは必要とされないため、距離を置いて、部屋のすみから観察している。チェストのわきの籐《とう》の椅子《いす》に飛びのることが多い。そこがいちばんよく見えた。

現実世界、つまりキッチンやバスルームやテレビやビスケットのある世界では、ランディのほうがどう見てもリーダーだった。クレアにまったく敬意を払わない。ベンジーはクレアがテレビを見ているあいだ、膝の上で寝そべってクレアの顔をなめる。そこについているかもしれない食べ物のかすが目あてだ。クレアが寝そべっているときには、クレアの頭のすぐ横に頭をくっつけている。ランディがいっしょのときは、用心して、かなり警戒する。ランディはいかにも最上位の生き物らしいふるまいをした。たとえば、気に入らないとすぐに手を出すのだ。（一度、ベンジーは膝に飛びのろうとしたら、激しく払いのけられ、テーブルの脚に激突するはめになった。）ランディは、少なくともベンジーには、脅威だった。

しかし、寝室での交尾はそこまでわかりやすくない。たいていの場合、ランディのほうがクレアにのしかかる。それは当然だし、それはランディの特権だ。もしもランディがベンジーにマウンティングしてきたら、ベンジーは抵抗しないだろう。だが、牝牛のにおいのするマウンティングの回があるのだ。その回では、ランディは黒い革を着て（体のところどころは出したままで）、クレアに乗馬鞭で叩かれているあいだ、憐れを誘う声を出す。いちばん驚くのは、そのとき、相手を貫くのはクレアのほうだということだ。さらに、ランディの憐れを誘う声は、寝室では、クレアが現実世界でときどき使う声みたいに悲しげなのだ。それなのにふたりとも、その時間を心から望んでいるように見えた。クレアがランディを完璧に見事に服従させ、ランディが（ベンジーにいわせると）見下げ果てたやつになる時間をだ。

ベンジーは、服従に関してはよくわかっていたので、喜び（ランディとクレアがそうした行為のときに得ている喜び）がふたりの力のバランスを変えてしまうことは当然知っていた。とはいえ、ランディが服従させられる時間をおそらく楽しんでいたからといって、群れのリーダーをやめたことにはならない。寝室でクレアが喜んでいるからといって、クレアの地位が変わった証拠にはならないし、自分（ベンジー）がクレアに敬意を払うべきだということにもならない。しかし、ランディの弱い姿を見たことは、ベンジーのランディに対する気持ちに、なんらかの影響を与えた。ベンジーは牛の革を着たランディを初めて見たときから下に考えるようになり、それが繰り返されるごとにさらに見下すようになった。

こうして、ランディとクレアの愛の生活は、ベンジーの想像にある種の真空部分を作り、だれが本当の群れのリーダーかわからなくしてしまった。そんなわけで、ベンジーは思った。どうしてぼくがリーダーじゃいけないんだ？　そのため、少しすると、ベンジーはランディに呼ばれても行かなくなり、ランディの名前をいわなくなった。ランディの指示にすぐには従わず、いわれたこともしないで、ベッドやソファの下に逃げこむようになった。そして、だれが命じる側かを教えるために、ランディの枕に放尿した。その結果、もともとそんなに感受性が豊かなわけでも、動物に深い愛情を持っているわけでもないランディは、ベンジーにうんざりしはじめた。知性を持ったビーグルでも、明らかに才能がある犬であっても関係ない。

クレアの愛情は長続きしたが、それだけだった。ベンジーがいわれたこと（ダンス、ごろん、話せ、など）をするのをやめると、こう考えるようになった。あたしたちはこの犬の能力を買いかぶりすぎていたんだ、あたしの犬「ラッセル」より頭が悪そう、ランディが追い払ってうちにいれなくなった「ラッセル」よりも。それでもクレアはベンジーの世話をした。食べ物を買い与えたし、ベンジーがいやがらないときには、なでてやった。

もちろん、そうしたことのすべてから、ベンジーはこう考えるようになった。ぼくは群れを制圧した。

ベンジーは丸半年、ランディとクレアと過ごした。長くも短くもない時間だ。

それから死が急に訪れるまでの数週間、ベンジーの生涯は自分の側から見ると完璧だった。家のなかを好きに動きまわれた。クレアはほとんど毎日、日中は働きに出ていて、ランディはたいていの時間をリビングのテレビの前で過ごす。ベンジーの邪魔にならないように。また、ランディは思い出すか催促されると、食べ物（たいていは人間の食べ物）をボウルに入れてベンジーの前に置くし、芝生で用を足すようにとベンジーを玄関から出す。さもなければ、好きにするように放っておく。これは、ベンジーのようなサイズと地位の犬にとっては、願ってもない状況だった。食べ物がある。すまいがあり、そこには自分がコントロールできるか、避ければいい人間しかいない。それに付属している外の世界にも脅威がない。過度に文明化した結果、野性化することがあるとしたら、ベンジーがその例だった。本能を無視し、生来の警戒心を捨て、気ままに過ごしていることを支配していると取り違え、あれこれ計略を練ることに没頭したために、支配の測定方法を見失ってしまったのだ。

ランディとクレアは、ベンジーにとって謎ではなかった。ふたりとも単純だった。浅はかで、性格が悪く、何より自分本位。ひと言でいうと、ベンジーにそっくりだった。ベンジーを飼って五か月が過ぎたころ、クレアが職を失い、家賃が三か月分たまった。ランディは「プロ」としての仕事以外は働くことを拒んだ。(ランディは自分をミュージシャンだと思っていた。だが実際はたまにコンサートの設営スタッフの仕事をしているだけだ。それどころか、音楽が好きではない。ただのうぬぼれ屋の役立たずで、やっとバンドの仕事にありついても、ことごとく首になっていた。)不満のたまったクレアは、ランディが仕事につくまで自分の職探しを拒否した。閉塞状況から不穏な空気が漂いはじめ、緊張が高まるなか、ふたりは一点で合意した。たまった家賃を払うくらいなら家を捨てよう、と決めたのだ。そんなわけで、十月半ばのある晩、ふたりは必要なものと、ポンティアック・サンバードにおさまる物だけを積みこんで、トロントを去ってしまう。目指すはアメリカのシラキュース。ランディの兄が住んでいる場所だった。

ベンジーの死がひそやかな声のようにしのびよってきた。木々は色づき、ローズ・アヴェニュー沿いでは、道にかかる枝の葉がオレンジや黄色に染まっている。そこに異常なところはない。クレアは一日じゅう家にいるものの、ベンジーは、自分の日課になんの影響もなかったので、特にどうとも思わなかった。ランディとクレアが段ボール箱に物を詰めはじめても、詰められた物がベンジーには必要はなかったので、気にならなかった。ただ、ランディとクレアの声に緊張がにじんできた。ふたりのふるまいが変わったことにベンジーは気づいたが、自分は群れのリーダだと思うようになった今、変化をいちいちとりたてては格好がつかないと思った。

夜逃げする晩、感心なことに、ランディとクレアはベンジーを連れていこうとした。ふたりはそっとサンバードに鍋やフライパンや服やランプを積みこんだ。夜中の一時ごろ、出発する準備が整い、ふたりはベッドの下からベンジーを出そうとした。だが、ベンジーはついていこうとしなかった。クレアが説得しようとしたが、ベンジーはもうクレアに敬意を持ってはいなかった。それどころか、自分以外の言葉に耳を貸さなくなっていたのだ。

——そのチビのアホは置いていこうぜ、とランディがいった。もう行かねえと。

——ベニーを置いてはいけないよ。餓死しちゃう。

——そんなことあるもんか。メンジーズが見つけるさ。それに、おれはもう、枕に小便ひっかけられるのには、うんざりなんだ。

クレアがため息をつく。

——バカな犬、とクレア。

ふたりはキッチンの明かりはつけておいた。犬のために、水を入れたボウルと、ツナとマカロニを入れたボウルを床に置く。そして新しい暮らしに向けて歩きだした。クレアは泣きながら、九五年自分たちの家だった場所を出ていった。

クレアの泣き声のせいで、ベンジーは夢から覚めた。クレアの気持ちの何かを感じて、目覚めたのだ。頭を持ちあげて、息を吸いこむ。すべてがあるべきにおいだった。家は静まりかえっている。ベンジーはまた、ネズミたちがちょろちょろ走りまわる夢にもどった。

次の日、ベンジーは朝早く、ベッドの上で目が覚めた。前の晩のいつごろだったか、ベッドの上にのぼっていたのだ。人間がいないことにはっきり気づいたのは朝だった。秋の朝日が、カーテンのなくなった窓から差しこんできたとき、シーツのないベッドの頭側にベンジーは一匹だけでいた。ベッドから飛びおりると、用心しながら家じゅうを探ってみた。聞こえるのは冷蔵庫の耳障りな低い音と、自分の爪が木の床（寝室、リビング、ダイニング）を叩く音と、リノリウムの床（キッチン）を叩く音と、セラミックのタイルの床（バスルーム）を叩く音だけ。外からの音も聞こえる。ほとんどは車の音で、あとは遠くの人間の声だった。

しばらくして初めてランディの名前を呼んでみた。

——ルルルランディ！

声は、こだまというほどではなかったが、いつもより少し宙にとどまっていた。それを耳にする人間がそばにいないので、聞こえるまでそこにいようとがんばっているみたいだ。ベンジーは慌てなかった。ランディとクレアがベンジーの許可なしに去るはずがない。きっともどってくる。ツナとマカロニを二口、三口食べて、ボウルから水を飲んだあと、ベッドにもどった。ランディの枕があった場所に放尿する。そしてまた眠った。

最初の数日間はだいたいこんな感じだった。眠って、歩きまわって、ボウル（のちにトイレ）の水を飲んで、待つ。のろのろした時間と闇と光でできた日々だった。しかし、時間がたつにつれ、どんどん空腹感が募ってきた。そしてある朝初めて、ボウルのツナとマカロニを見てもあまりうれしくならなかった。それでも、その日の終わりには、最後のひとかけらも残さずに食べおえてしまった。翌日が終わるころには、ボウルをぴかぴかになめおわり、磁器にはツナの痕跡《こんせき》もなくなった。そのときから、家は食べ物を漁る場所になった。

ランディかクレアが開けてくれたときには魅力いっぱいだった冷蔵庫は、うまく前足が届かなかった。扉の開け方はわかっている。本体と扉のあいだのすきま、ぴたっとくっついている場所に足先を差しこめばいい。ただ、開け方はわかっていても、開けることができないのだ。扉の前に立って、足先をいい角度に差しこんだり、必要なだけねじったりすることができなかった。上のほうの戸棚も、最初は冷蔵庫と同じように届かなかったが、椅子を押してカウンターの前にくっつけることを思いついた。椅子に飛びのって、そこからカウンターの上に乗る。後ろ足で立つと、戸棚の扉を開けることができた。ところが、それでもあまりいいことはなかった。いろんなもののにおいはするのに、届くのは下の棚だけだったのだ。必死に飛びついて、なんとか落とせたのは、袋の開いた硬いままのマカロニと、マッシュルームスープの缶詰めだけだった。

マカロニは一気に全部食べてしまった。スープの缶は足先で転がして遊ぶおもちゃにしかならなかった。

食べ物がなくなってから三日目と四日目に、恐怖に襲われた。服従させることも、威厳を保つことも、もうどうでもよくなった。そしてやっと気がついた。自分は捨てられたのだ（それがどういうことなのかは、もともと知っている）。そのことを考えると心が痛かった。だから考えるのをやめた。トイレを流すと、まだ水が出た。ありがたい。だが、固形物がほしかった。ほしくてほしくてたまらない。マジヌーンが教えてくれた言葉を思い出した。人間が必ず応えてくれる（といっていた）言葉だ。ベンジーは玄関まで行くと、叫んだ。

——助けて《ヘルプ・ミー》！　助けて《ヘルプ・ミー》！

叫んでいる時間が、まるで数日間のように思えた。ベンジーははっきり発音したし、言葉は外を歩くたくさんの人たちに届いていた。だが運悪く、このときの状況がベンジーに不利に働いた。まず、この日はハロウィーンだった。ローズ・アヴェニュー沿いの多くの家が、ハロウィーン風に飾りつけられていた。壁の棚にカボチャが並び、芝生やポーチに魔女やゾンビの人形が立っている。魔女のなかには、近づくと、しわがれた笑い声をあげるものもあったし、ゾンビのなかには、うめき声をあげながら、広げた両腕をばたばた動かすものもあった。あたりがすべてそんな状態だったので、ベンジーの甲高い「助けて！」にはなんの緊迫感もなかった。現に耳にした人たちの多くはベンジーの言葉を、ハエ男の古い映画のセリフを取ってくるなんて気が利いてるな、などと考えた。

ここでは単に吠えたほうがよかったのかもしれない。悲痛に満ちた犬の鳴き声なら、だれも面白がらなかっただろう。

また、もうひとつの状況もベンジーには悪いほうに働いた。大家のメンジーズ氏はスコットランドのグラスゴーに呼ばれて行っていたのだ。年老いた父親が心臓の手術を受けたためで、ローズ・アヴェニューの借家のことなど、頭から抜けていた。ふたたび頭に浮かんだのは、何週間もたってからのことだった。そして最後の悪条件は、季節が秋だったことだ。街じゅうのネズミは冬を越す家を探している最中で、家を見つけるネズミよりはるかに多いネズミが死んでいた。というのも、てっきり安全だと思った場所や隅に、おいしい毒がこっそり置かれているからだ。メンジーズ氏はグラスゴーに呼びよせられる前、ランディとクレアが家賃を払わず逃げる前に、ネズミがひっかかりそうな、家じゅうのいたるところに、ワルファリン入りの餌を置いておいた。電化製品の裏、暖房の吹出口のなか、キッチンのシンクの下やバスルームの洗面台の下の戸棚のなか。原則として、毒入りの餌はペットが食べられないようになっている。毒のにおいは（ピーナッツバター、ベーコン、魚のフライなど）動物をひきよせるものだったが、猫や犬が毒入りのカリカリを食べるには、黒いプラスチックの容器を開けなければならず、それは無理だった。おまけに、ベンジーに関しては、罠が放つにおいの何かに、死の畑を思い出させるものがあったので、余計に安全なはずだった。

ところが、死ぬほどの空腹から、ベンジーはキッチンのシンク下の戸棚まで行くと、扉を開けてしまった。薬品と腐敗のにおいがした。石鹸、酸、錆、カビ、垢《あか》。薬品のさまざまなにおいのなかに、かすかにピーナッツバターと魚の皮のにおいがした。ふいに、というか、都合よく、ベンジーの頭にこんな考えが浮かんだ。死のにおいは、この黒いプラスチックの容器からじゃない。まわりにあるブリキの箱や瓶や缶からだ。シンクの下から黒い容器を取りだせたら、運よくなかに食べ物が残っているかもしれない。

じつのところ、シンクの下から容器を取りだすのは簡単だった。瓶や缶のあいだにもぐりこみ、嗅覚に導かれるうちに、黒いプラスチックの容器にたどり着いた。ただ容器を開ける方法を考えつくのに時間がかかった。なかで小気味よく「食べ物」が転がる音がした。食べ物のにおいもする。なのに、ふっても何も出てこない。だが、ベンジーは要領がよかった。少し考えたあと、容器をキッチンカウンターから落とした。床にぶつけたのだ。一度で成功した。容器はぱかっと開いて、六粒のカリカリが、ピンクの細かい虫のようにリノリウムの床に散らばった。

ベンジーはカリカリを残らず食べた。待ってみる。まだ腹が減っていたので、カリカリが落ちた床をなめた。食べ物が見つかって本当によかった。おかしな味だったけれど。続いて、バスルームの洗面台の下でも容器を見つけて、同じやり方を繰り返した。全部食べたあと、トイレの水を飲んで、ベッドにあがって眠った。

本格的な痛みが襲ってきたのは、その晩遅くだった。間違いを犯したことをすぐに悟った。もうすぐ死ぬんだ、ということも。それがわかったのは、襲ってきた激しい苦痛がこれまでに味わったことのないものだったからだ。まるで炎が体のなかに巣くい、そこらじゅうを動きまわって燃えそうつれそうなものを探しているかのようだった。喉の渇きも尋常でなく、とてもおさまりそうにない。本能は、じっとして死から隠れろ、といっていた。だが、トイレの水を飲まずにいられず、飲むほどに力が抜けて後ろ足で立てなくなり、そのうち水を飲めなくなった。

ベンジーは「強烈な寒さ」に襲われていた。ベンジーが味わっている死は、アッテカスやロージーやフリック・フラック兄弟を苦しめた死と変わらず残酷だった。しかし、そのまったただなかで、ベンジーは静けさを味わっていた。そのおかげで、ある意味、生と痛みの向こう側を、この世界を越えたところにある、苦しみの果ての平安が約束された状態を、見ることができたのだ。鼻から血を流し、バスルームの白いタイルの床の上で死にかけているとき、ベンジーは一瞬の希望を味わった。希望は並はずれたものでも、謎めいたものでもなかった。それどころかいかにもベンジーらしい、ベンジーそのものといえるものだった。ベンジーはこの世に産みおとされた瞬間から計算高い、策略家だった。ただ、すべての策略家と同じで、策略を超越した場所や状態を密かに夢想していた。安全で、策略など不要な場所だ。

ベンジーがもっとも求めていたものは、だれにとっても明解な格付けがなされている場所だった。力の強いものは弱いものをいたわり、弱いものは強制されることなく敬意を示せる場所。バランスと秩序と正義と喜びを心から願っていた。ベンジーが死ぬときに一瞬見えたのが、まさにそんな場所で、見えたことは慰めになった。ここで、死ぬときの状態を言葉で表すことに意味があるとしたら、ベンジーは希望のなかで、死んでいったといえるだろう。

いずれにしても、ベンジーは犬も人間も行ったら最後、二度ともどってはこられない場所へ行ってしまった。

ゼウスはアッテカスの最期の願いをかなえ、ベンジーはアッテカスと同じように苦しんで死んだ。しかし、ゼウスは正義の神だ。アッテカスが死ぬ間際に願いをかなえたように、ベンジーにも同じく願いをかなえてやった。

ヘルメスは思った。この件は間違いなく、どこかの神の興味をそそるだろうが、面倒なことになった、と。ベンジーは死ぬとき、幸せだったのか。それとも不幸せだったのか。父ゼウスの介入のおかげで（そのことでゼウスに文句をいっても無駄だ。ゼウスの意志によることなので、どうしようもない)、答えは余計にはっきりしなくなってしまった。ベンジーのバランスや秩序や正義のある幸せに満ちた夢想のせいで、問題は複雑になっていた。当然ながら、アポロンはこの犬は死ぬとき幸せではなかったと断定した。

——希望と幸せは違う、とアポロンはいい、そのことにはヘルメスも異論がなかった。生きているときや死ぬときに不幸せな人の多くは、神々が手を差しのべた人と変わらず希望を持っている。希望は人間の特質であり、特質にすぎないのだ。しかし、ベンジーの死についてアポロンと議論しているとき、泥棒の神ヘルメスの頭にはこんな考えが浮かんだ。それぞれの賭けの条件を決めたとき、わたしはまったく先を読めていなかったのではないだろうか。問題は死そのものだったのだ。不死の者は死について考えるとき必ず憧れを抱く。この憧れのせいでヘルメスは、幸せの性質について明確に定義しないままに、幸せな死などというものを想定してしまったのだ。

——考えたんだが、とヘルメスはアポロンにいった。幸せの定義を広げるべきじゃないだろうか。ここはひとつ認めてくれるとありがたい。幸せのなかに希望も入れていいことにして……

アポロンが言葉をさえぎった。

——突然われわれまでが人間になったのか? 人間のように、言葉について議論する必要があるのか?

ヘルメスは自分の考えを隠して答えた。

――いや。

しかしこの賭けを行《おこな》って初めて、ヘルメスは驚くほど怒りに似たものを感じていた。

4　マジヌーンの最期

五年が過ぎた。ヘルメスとアポロンが動物病院に入って、そこで見つけた犬たちを変えてから五年。十五匹のうち、残ったのはたったの二匹。八歳になったマジヌーンと、七歳になったプリンスだった。

マジヌーンがニラの人生に入りこんでから五年、ニラはマジヌーンをだれよりも信頼できる友だちと思うようになっていた。話をすることはなかったが（というと正確ではないのだが）、ニラが感じていたのは、マジヌーンは夫がわたしを理解しているのと同じくらい、わたしを理解している、ということだった。いや、おそらく夫より理解しているだろう。五年のあいだ、意見の不一致はマジヌーンよりミゲールとのほうが多かった。それでも、ミゲールは体を重ねる相手だ。ニラはミゲールに隠し事はしないし、ミゲールもニラに隠し事はしない。ふたりの愛はまだ強かったが、日々のちょっとしたぬかるみにはまることはある。マジヌーンはニラにとって、夫といるときの気疲れから解放して自分自身にもどしてくれる存在だった。ところが、残酷にも皮肉なことに、マジヌーンとの意見の不一致が、全員に悲劇を招くことになる。

当然、マジヌーンにまつわる問題は、ずっと起きていた。たとえば、ニラはマジヌーンがほかの犬の糞を食べるのをどうしてもやめないことが理解できなかった。そのことでニラが心穏やかでいられないことを、マジヌーンは知っていた。数えきれない場面で、ニラはマジヌーンに我慢してほしいと頼んできたからだ。

——あなたが糞を食べているところを見ると、気持ちが悪くなるの。

マジヌーンはうなずいて、もうしないというが、それはまさに、ケーキ屋で子どもに、残ったケーキを食べないで、というようなものだった。ニラのためとはいえ、マジヌーンに我慢を期待するのは酷だった。マジヌーンも数か月は我慢するのだが、そのうちニラの気持ちを忘れ、魅力的なにおいのする落とし物に飛びついてしまう。そしてまた嫌悪（ニラ）と自制（マジヌーン）の衝突が繰り返されるのだった。この衝突は、マジヌーンの本来の習性からきているとニラは思っていた。マジヌーンは犬だ。感受性豊かで知性のある犬。しかし同時にただの犬でもあるのだ。長いあいだ、ニラはマジヌーンのことを、単なる犬以上の存在だと自分にいいきかせてきたのだが、マジヌーンの本来の習性を思い出させるものによって、その幻想は崩れた。

別の問題もあるとニラは思っていた。それは、マジヌーンの習性ではなく、習慣が根底にある問題だった。たとえば、何匹ものオス犬がメス犬を相手に次々とマウンティングするのを、ニラは気持ち悪いと思っていた。マジヌーンはニラの嫌悪をまじめに考えるふりさえしなかった。発情期のメス犬は発情期のメス犬であって、それ以上でもそれ以下でもない。それに対して議論の余地はない。メス犬自身が望んでいるのだからしてやればいい。一理ある、とニラも認めざるを得なかった。自分が発情期で、だれでもいいから知らない相手と交わって抱きあいたくてたまらない、という状況は想像できる。だが、確信もあった。マジヌーンの態度を変えることができたら、メス犬の生活を向上できるかもしれない。マジヌーンに相手への敬意を教えればいい。

習性（マジヌーンがせずにはいられないこと）と習慣（マジヌーンがやめることができること）の境界線ははっきりしていないし、決まってもいない。このことは、口論が白熱するとあっさり忘れられてしまう。ニラの場合、マジヌーンは自分のものでもなければ向上させようなどと考えるべきものでもない、ということが頭から消えてしまう。だがいずれにしても、問題その一（習性）かその二（習慣）のどちらにも関係がありながら、どちらの範疇《はんちゅう》にもおさまらないことで、決定的な意見の不一致が起きてしまった。さらに、その件は、マジヌーンと同じくらいニラにも重要なことだった。格付けの問題だ。

マジヌーンにとって、ミゲールは自分たちの小さな群れのリーダーだった。この考えがニラは気に入らなかった。自分がなんらかの形で夫に従属しているという考えは、認めたくない。しかし、それをマジヌーンに納得させるのは不可能だった。マジヌーンの目には、ニラがミゲールに従っているように映っていた。それはふたりの声の調子からも（ニラは間違いなく敬意を持っていた）聞きとっていたし、ふたりがいっしょに歩くときやテーブルで何かを食べるときの様子からも見てとっていた。ふたりが同等でないことはあまりにも明白だったので、マジヌーンには、ニラがそうではないふりをすることで自分の順位を上げようとしているように思えた。

マジヌーンとミゲールの関係は微妙だったが、複雑ではなかった。マジヌーンは、ニラのためなら命を投げだすだろうが、ミゲールのためには投げださない。少なくともひとつには、ミゲールが一家の主であり、マジヌーンはミゲールの保護下にあると考えているからだ。一方、ミゲールは、マジヌーンが知性のある特別な犬だとは信じていないが、格下であるはずのマジヌーンともよく遊んだ。マジヌーンの顔を手で押して右に左に向けさせてみたり、マジヌーンを追いかけたり、嚙んで遊ぶおもちゃを取りあげてそこらへんに投げたり、雑に腹やわき腹をかいたり。はっきりいって、どれもマジヌーンをみっともなく見せる行為だ。しかし、ボールの所有をめぐってミゲールと競い合ったり、ミゲールに押されたときに人目を意識せずに吠えたり、服従させるふりをしてミゲールに飛びついたりするのは楽しかった。もちろん、ニラもマジヌーンと遊ぼうとした。いっしょに外にいるとき、嚙んで遊ぶ赤いボールをよく投げた。しかし、見るからに気持ちが入っていなかった。ニラは

——取ってきて！　取ってきて！

と、ボールが何より大事なものみたいにいうことができなかったのだ。ひとつには、自分もマジヌーンもボールは大事なものじゃないと知っているのに、大事なふりをするのは、マジヌーンを馬鹿にしているように感じられるからだ。けっきょくミゲールは、マジヌーンが恐れると同時に一目置く強い犬のような存在だった。そのため、ニラが夫の地位に疑問を持つことに、マジヌーンは反発した。

不運なことに、ニラはその問題を放っておかなかった。ある日、ニラはマジヌーンにきいた。ミゲールの次は、だれだと思う、ミゲールが「最高に偉い人」（という言い方をした）だとして？　これは表面的には攻撃的な「質問」だったが、皮肉っぽい口調には、相手をいらつかせようという意図が表れていた。マジヌーンのなかでニラと自分は対等だったが、ニラの質問はそれを否定していた。だからニラに、攻撃以外の手段でできるだけ強く自分の気持ちを伝えようとした。歯をむきだしてうなり声をあげながら、しっぽをさげたのだ。お互いにつらい瞬間だった。しかし、ニラの質問は言葉にできないくらい無礼だった。そんな気まずいことがあって、それからの数日間、マジヌーンはニラと顔を合わせようとしなかった。ニラが置いた食べ物から顔を背けるし、ニラが部屋に入っていくと、そこから出ていく。ニラはうっかりやり過ぎてしまったことに気づいたが、マジヌーンはニラの謝罪を受けつけようとしなかった。このときマジヌーンには、自分に開かれた道はふたつしかないように思えた。自分の地位に異議をとなえる相手といっしょにいるか、そこを永遠に去るかだ。とどまるなら、自分に敬意を払うよう、ニラに教えなければならない。争いの新しい形として、暴力なしにそうする方法を、マジヌーンは思いつかなかった。ただ、ニラを傷つけるくらいなら、千回死んだほうがましだった。そんなわけで、ほかに方法がないとわかったマジヌーンは、群れを出ることを選んだ。永遠に去ることをニラに知らせないまま、マジヌーンは家を出ていった。

もちろん、それは運命の分かれ道だった。多くの神がマジヌーンの死をめぐって賭けをしていたので、死ぬときに幸せであることを願っている側は、マジヌーンに仲直りをしてほしかった。ゼウスの命《めい》がなかったら、手を出した神が山ほど現れたかもしれない。だが実際には命が下っていたので、表だって何かする神はいなかった。だが、賭けの条件に対する不満から怒りをたぎらせていたヘルメスは、マジヌーンとニラの手詰まりな状況にいらだった。生に介入して助けた犬は、マジヌーンではなくプリンスだったのだが、ヘルメスは、マジヌーンが少なくともいい死を迎えられると信じる側にいた。

——弟よ、残念だったな、とアポロンがいった。チャンスと呼べる状況ではなさそうだ。その犬は女を失って不幸せになる。そうだろう？

——命に限りのあるもののことだ、とヘルメスが答えた。われわれにも未来はわからない。

アポロンが笑った。

——人間のような口ぶりだな、とアポロン。

ヘルメスも笑ったが、侮辱が心に刺さった。そこで、父に忠告されたにも関わらず、泥棒と翻訳の神ヘルメスはマジヌーンの生に介入した。お気に入りの媒体は夢なので、マジヌーンが眠っているところに姿を現した。


マジヌーンは家からさほど行かないうちに、突然どっと疲れが出た。なんとか安全な場所を見つけると、とたんに眠りこみ、すぐに夢を見はじめた。

そこは四方を暗闇に囲まれた原っぱだった。青々とした草は、まるで色を塗ったかのようだ。マジヌーンは一本の木の下にいた。幹が見えなくなるまで上にのびて、白い雲のなかに消えている。その場所は恐ろしくはなかったが、どこか危険な感じがした。マジヌーンは伏せの姿勢になって、暗闇から何か出てきたら、飛びかかるか、飛びのくかできるようにしておいた。ところが、出てきたのは黒いプードルで、自分と同じ犬種だが、とてつもなく堂々としていた。

——あまり時間がない、とその犬はいった。

ただし、特定の言葉で話しているわけではない。犬の考えがマジヌーンの頭のなかに伝わってきた。

——ニラの元を去るべきではない。おまえの生涯はニラとともにある。

――もどることはできない、とマジヌーンはいった。

――おまえの苦しい立場はわかるが、おまえはニラの言葉を誤解している。人間はおまえたちのようには考えないのだ。

――おれたちのように、とマジヌーンはいった。

――おまえたちのように、とヘルメス。わたしは、おまえが幸せであることを願うものだ。犬ではない。ニラの元へもどれ。そうすれば二度とニラの言葉を誤解することはない。そしてニラがおまえの言葉を誤解することもない。

――それが正しいと、どうしてわかる？　とマジヌーンはきいた。

――わたしがそういえば、そうなるからだ。

ヘルメスの言葉とともに、夢は終わり、マジヌーンは目が覚めた。そこはハイパークの芝生の上で、パークサイド・ドライヴ側のアーチの入り口からそう遠くなかった。市電が曲がってくる場所からもそう遠くない。マジヌーンはもちろん、夢を見たことはあったが、これほど生々しい夢は初めてだった。細かい部分のひとつひとつを思い出すことができる。それでいてふと、自分は夢を見ていたんだろうかという気にもなった。

答えはすぐに出た。パークサイド・ドライヴを歩いていると、急にボリュームをあげたカーラジオの音楽が耳に飛びこんできた。マジヌーンは言葉を聞いた。

朝日が金色のテントを張った
そのとき、空は背を向けた
そのとき、空は背を向けて耳を傾けず
そのとき、いくつもの貝が立ちあがり……

そこで車は行ってしまったため、歌詞はそれ以上わからなくなった。
そのうるさい音楽におかしなところは何もなかった。車に乗っている人間が音で人を痛めつけようとするのは、よくあることだ。ただ、マジヌーンは突然、その歌詞を理解した。謎に満ちてはいたが、わかったのだ。歌詞は人間が普通に口にする言葉通りの意味ではない。歌詞はひとつの場だ。そこで意味とリズムとメロディが絡み合う。ときどき、意味が勝つことがあれば、リズムが勝つこともあるし、メロディが勝つこともある。ときどき、三つが戦うときもある。ちょうど感情と本能と知性がマジヌーンのなかで戦うように。ときどき、三つが響き合うこともある。マジヌーンは突然わかった。さっき聞いた歌詞は、見事なせめぎあいだった。とたんに、マジヌーンはすわって笑いだした。ジョークがやっとわかったときのように、かつてのベンジーと同じように、喜びの感情が噴きだすあいだ、あえぐように笑った。

しかも、新たに授かった能力はそれだけにとどまらなかった。マジヌーンはハイパークを歩いているうちに気がついた。聞こえてくる言葉の奥にある意図が、簡単にわかるようになったのだ。驚いたことに、たとえばこんなふうだった。女が自分の横の男にいった。

――フランク、ごめんなさい。これ以上は続けられない……。

女の言葉は、相手をなだめていると同時に傷つけていた。人間はなんて複雑で意地が悪いんだろう。マジヌーンは人間の感情の奥深さが急にわかるようになって、その奇妙さに驚いた。それまでマジヌーンは人間のことを、未成熟で、不器用で、そこにあるとわかりきっているものをつかもうとしない連中だと思っていた。だが今は、人間は犬とほとんど変わらない深い生き物だとわかる。ただし、その深さは人間独特の深さだ。

ニラのこともこんなふうに理解できるか知りたい。そう思ったマジヌーンは、家にもどった。出ていってからそれほど時はたっていなかった。せいぜい二時間だ。裏口はまだ鍵がかかっていない。後ろ足で立つと、扉の取っ手の上、親指で押しさげる金具を足先でおろす。扉が開いたので、マジヌーンはなかに入った。するとそこに、まるで待っていたかのように、ニラがいた。

――ジム、いなくなってしまったんだと思ってた。

マジヌーンには言葉のニュアンスがすべてわかった。ニラの悔恨、心配、マジヌーンへの愛情、悲しみ、マジヌーンがもどってきたことへの安堵《あんど》、犬とこんなふうに話していることへの戸惑いがわかる。もちろん、一度にそんなにたくさんのニュアンスに返事をするのは、マジヌーンには無理だった。

――おれは生まれてからほとんどずっとマジヌーンと呼ばれてきた、とマジヌーンはいった。最初の主人がつけてくれた名前だ。そう呼ばれるほうがうれしい。

　マジヌーンははっきりと話したので、ニラは理解した。ただ、言葉を介さずマジヌーンを理解することにすっかり慣れていたために、初めのうちはしゃべりかけられていることに気づかなかった。一瞬、奇妙に興奮した。マジヌーンがまた新しい方法でわたしの意識に入ってきた！

――マジヌーン、ごめんなさい、とニラはやっと口を開いた。知らなかったの。

　ヘルメスがマジヌーンに与えた能力は、貴重でそれまでまったく知らなかったものだが、重荷に似たものでもあった。マジヌーンは英語がかなりわかる犬から、すべての人間の言葉がわかる犬になったのだ。おかげでロンセズヴェイルズ・アヴェニューを歩いていると、ときどき思わず足を止めてさまざまな会話に耳を傾けてしまうようになった。たとえばポーランド語。

――このトマト腐ってるわよ《テ・ポミドリ・ソン・ズグニウェ》！

　あるいはハンガリー語。

――おかしいんじゃないの《メゴールールテール》？

ほかの言葉を聞くことは、新しいリズムやメロディや論理を聞くのに似ていた。マジヌーンはたまに聞き入ってしまう。

——マジヌーン、行こう。やることがあるんだから。

そんなふうにニラに声をかけられて、やっと我に返ることがときどきあった。

(マジヌーンのお気に入りの人間の言葉は英語だった。それは間違いない。最初に覚えたのが英語だから、ということとはほとんど関係なかった。これまでに聞いたことのある言葉のなかで、犬にいちばん合っているのが英語だからだ。たしかに、犬は英語を話すとき、ふだんと違うふうに考えなければならない。だが、英語の音やリズムは、犬語の音域やリズムにそっくりなのだ。とにかく、そんな英語贔屓《びいき》がもたらした喜ばしい結果のひとつが——マジヌーンにもニラにも喜ばしかった——マジヌーンの詩作だった。プリンスの詩を手本にして、プリンスと同じように「作って」、記憶して、ニラに聞かせた。

野犬を食べる中国で
食べごろのおれはうろたえる
食べ物と見なす連中をおれは呪う
降り来る夢に人力車

あるいは、
痩《や》せたやつが空を平らげ
岩から言葉が湧きでて
ふらつくおれの魂はゼンマイが切れ
命の時間も断ち切れる

だが一方で、どの言葉がいちばん好き？　とニラにきかれても、マジヌーンは英語とはいわなかった。いえなかったのだ。マジヌーンにとって人間のどんな話し言葉よりも、犬語こそが、表現豊かで、鮮明で、理解しやすく、美しかった。マジヌーンはニラに犬語を教えようとしたが、驚いたことに、お互いにどんなにがんばっても、それは失敗に終わった。ニラには、喜びの吠え声と注意を引く鳴き声の違い、犬語のきわめて重要な差が、わからないのだ。ニラはがっかりした。「噛みつくぞ」の鳴き声だけはなんとかできるようになったが、ほかの犬を相手に試すわけにはいかない。ニラはマジヌーンの言葉で話しかけたかったのだが、じつのところ、マジヌーンはニラの訛りに我慢できなかったので、ニラが諦めたとき、ちっともがっかりしなかった。）

マジヌーンがついに話しだしたことを、ニラは初めは歓迎しなかった。たしかに、マジヌーンが帰ってきて話したことで、友情は復活した。だが、マジヌーンと英語で話すのは、どうも落着かない。ふたりはそれまで、言葉のいらないすてきな会話を発展させてきた。声を出さず、首をふるとか、遠慮がちにうなずくとかいったことは、ちゃんと意味を成していたのだ。それが首ふりも言葉も扱わなければいけなくなったために、初めのうちはマジヌーンを理解するのが余計に難しくなってしまった（ただ理解は深まった）。また、それより大きな障害が出てきた。マジヌーンがしゃべることによって、ニラが「便宜上の問題」と思うものが持ちあがったのだ。ニラとマジヌーンのあいだでは、マジヌーンが話せることを知っているのはニラだけにしておくのがいい、という取り決めになっていた。だが、互いに気安さが増すにつれ、どちらかが決まりを忘れて、人前で質問や意見を口にすることが起こるようになった。当然ニラがマジヌーンに話しかける場合より、逆の場合のほうがまずかった。マジヌーンの声はニラの声より低い。そのため、近くにいてマジヌーンの声を耳にした人は、どこから聞こえたんだろうと戸惑う。この戸惑いは、不要に人目を引くことになった。

そして、ミゲールだ。ミゲールはそれほどマジヌーンが好きではない。ベンジーのほうを気に入っていたし、ニラとマジヌーンがくっついていることに、いらついていた。そうしたことをマジヌーンはすべてわかっていて、ミゲールを許していた。ミゲールの気持ちに敬意を払うべきだと感じていたからだ。それに加えて、ミゲールがマジヌーンのためを思って動くことはなく、ニラと違ってマジヌーンを守ってくれないことも、明らかだった。だから、ニラとマジヌーンは、ミゲールの前では互いに話さないのがいちばんだと考えた。そのため、ときどきふたりはミゲールがいると気まずい感じになった。ニラは夫の信頼を踏みにじっている気分になったし、マジヌーンは群れのリーダーを裏切っている感じがした。

その結果、ニラがマジヌーンの英語に居心地の悪さを感じなくなるまでにいくらか時間がかかったが、いったん慣れると、マジヌーンの存在はかけがえのないものになり、マジヌーンが犬であることはどうでもよくなった。マジヌーンは自分とは違う、という考えはもう浮かばない。実際、たとえばブールバード・クラブのそばにふたりですわって大きな柳の木の枝が動くのを眺めているとき、マジヌーンが犬であることに、なんの問題があるだろう。

(柳はふたりを魅了してやまないものだった。マジヌーンは柳のことならよく知っていたが、ずっと前から、なんとなく動物の類に入ると思っていた。相手の目を欺く横柄な動物。そのことは頭のどこかで、死ぬまで信じていた。ゆれる枝を見ていると嚙みつきたくてたまらなくなった。ニラは、嚙みつきたいとは思わなかったが似たようなことを感じていた。ニラにとって柳は、葉のしげったマンモスといったところだった。古《いにしえ》の堂々とした由緒正しきものの末裔《まつえい》。だがもちろん、そんなことはない。柳は柳だ。)

完璧に理解しあえたからといって、必ずしも幸せになれるとはかぎらない。たとえば、相手の狂気を完璧に理解するには、自分が狂うしかない。地上の生き物同士を分ける薄いヴェールが、悲劇的な壁にも、大いなるやさしさにもなる。じつのところ、「完璧な相互理解」ができるのは、神だけだ。神にとっては、狂気、怒り、苦しみなど、どんな感情や心の状態も、楽しめるものであり、理解は取るに足らないものだった。ヘルメスにはそれがよくわかっていた。翻訳の神は、誤訳と誤解の神でもあるからだ。いわば、きれいすぎる水を濁らせたり、汚れた水をきれいにするのが、ヘルメスだった。しかし、理解という能力によって幸せになれたものがいるとしたら、それはマジヌーンだ。マジヌーンはニラを理解すればするほど、帰ってよかったという思いが募った。今や間違いなくそこは、わが家と呼べるものになっていた。

二年が過ぎた。

年を重ね、相手の話にさらによく耳を傾けるようになったマジヌーンは、ニラのことをおそらく最良の方法で理解するようになった。ニラの大好きなものを通して知るようになったのだ。たとえば、映画。『5時から7時までのクレオ』と『東京物語』をニラがどれほどほめたたえたことか。特に『東京物語』は特別だった。ある日の午後、ニラはマジヌーンとすわっていっしょに『東京物語』を見た。マジヌーンが最後まで通して見た映画は、それが初めてだった。映画に興味がないというわけではない。においをかぐことのできない遠い世界をいくつも見つづけることに、耐えられないからだ。においがなければ、その世界は本物ではない。だから、映画や絵画は必然的につまらないものだった。しかし、ニラがあまりにも『東京物語』がいいというので、マジヌーンはそれを見るのに二時間ずっとすわっていた。

映画が終わり、ニラが落ち着きをとりもどすのに、少し時間がかかった。いつものように、原節子が泣く場面で、ニラは感情を高ぶらせて泣いたのだ。

——気に入った？　とニラがやっと口を開いた。

——イエス、とマジヌーンは答えた。

——長すぎると思わなかった？退屈に感じる人もいるから。

——退屈ではなかったが、変だった。出てくる人がみな、こちらには見えないほうばかり向いている。だからずっと、何か来るのかと思っていた。そして最後に来たのが死だった。

ニラは、自分がこの映画で大切に思っていることをマジヌーンが受け止めたことに、感動した。だがマジヌーンにとって、この映画は解釈が難しい面がたくさんあった。ヘルメスに与えられた能力をもってしてもだ。第一に、この映画には、犬がほとんど出てこない。ただ、中盤あたりで四四、主人に口笛で呼ばれて画面をかけていった。とたんにマジヌーンは緊張した。だから、その犬たちがそれきり出てこなかったのは、少し残念だった。だがそのあと、映画の終わりのほうで思い返した。男が画面に出ていない犬たちに口笛を吹く。最初、口笛を吹いた男の姿は見えない。次に、呼ばれた犬たちが出てくる。説明のないこのふたつの瞬間が、マジヌーンには、映画の中心にある哲学的な謎のように思えた。

もうひとつ、お辞儀に関わるすべてが気になった。驚いたのはもちろん、背を低くすることが階級に関わっている、ということではない。驚くどころか、その点では日本人は潔く思えて感心した。だが、自分を大きく見せる人がいない。そこが問題だった。あまりに多くの人がお辞儀をするので、地位の低い人間同士でだれがいちばん低くなれるか競争しているかのようなのだ。その場合、思慮深いほうが強いことになり、映画にあまり犬が出てこないことと同じくらい気になる矛盾に思えた。

けっきょく、このふたつの謎は関係があるのかもしれない、とマジヌーンは考えた。犬は人間よりずっと低く頭をさげることができる。だから、『東京物語』では、犬はあまり見せすぎてはいけない謎の力であり、慎重な映画制作者は、犬をちらっとしか見せないようにしているのだ、と。もっともなことだが、マジヌーンが『東京物語』を好きになったのは、この考えを思いついたおかげでもあった。

ニラの好きな本を読むことは、さらに面白かった。いろんなことを考える機会になる。ニラはミゲールが仕事から帰ってくる前の夕方近くの時間、ひと月以上かけて、マジヌーンに『高慢と偏見』や『マンスフィールド・パーク』を読んでくれた。二冊のうち、『マンスフィールド・パーク』はマジヌーンにはかなり難解だった。その秩序への執拗《しつよう》なこだわりは恐ろしいほどで、まるで主人の手引き書だと思った。

読みおわったとき、マジヌーンはいった。

——ニラ、ファックは好きか？

（ファックはマジヌーンが使う言葉で、ニラが口にしたことはない。）

その質問に頭が真っ白になったニラは、どうにか自分をとりもどすと、きいた。

——マジヌーン、いったいどこからそんな質問が出たの？

——ファニー・プライスのことを考えていたんだ、とマジヌーンはいった。ファニーはエドマンドが好きなのに、ファックしようとしなかった。

——そうとはいえない。わたしの考えでは、ファニーは、何事にも正しい時と場所があると思ってるの。それと、あなたの質問への答えだけど、愛し合うのは好き。ねえ、これって、すごく個人的な問題よ。わたしはミゲールに会いたくてたまらないときがあるし、いっしょにいるのが好きだし、いっしょにいることが大きな意味になるときが好き。それはゆっくりしたものなの。時間がかかる。本の最後の部分を聞いただけでは、愛し合うこととファックに違いはないと思うかもしれない。でも、わたしにとっては別物よ。それと、ものすごく彼がほしいときもあって、そのときはまるで相手がミゲールかどうかは問題じゃないくらいに感じるのだけれど、やっぱりミゲールだということがすごく大事なの。

――そうか、とマジヌーンはいった。

だが、今回もやはり、人間特有の関係に対するマジヌーンの理解は（ニラに対する理解とは対照的に）、ある部分が抜け落ちていたために、ゆがんでいた。マジヌーン自身は「愛の営み」をしたことがなく、それを望むということを想像できなかったのだ。

マジヌーンは、人間がかなり想像というものに頼っていることを面白く思っていた。楽しみのためだけでなく、生きるための根本的なことにもそれを使っている。マジヌーンはといえば、体に考えさせるほうが好きだった。自分が変化する前からそうだ。そして、自分が犬と人間のあいだのどこかに位置するようになった今、想像することに俄然興味が湧いた。もしも「去勢」（とニラが呼んでいた）されていなかったら、少なくともほかの犬と「愛の営み」をしてみたかもしれない。しかしまた一方で、どう始めたらいいのか、わからなかっただろう。発情期のメス犬は（そのにおいたるや、言葉で表せないほど、いい意味で頭を狂わせてくれる）、とにかくファックしたがっているのだから。そこに、ニラが「誘惑」と呼ぶものが入る余地はない。マジヌーンは発情期ではないメス犬に食べ物を持っていったら発情するかもしれない、と考えてみたが、そんなことをするつもりにはなれなかった。また、マジヌーンはニラがいうところの「異性愛者」でないことは確かだった。とはいえ、同性愛者でも両性愛者でもない。この件に関していうと、マジヌーンはほかの犬や人間やぬいぐるみを前に発情することがあったし、可能なら、マウンティングするか、腰を押しつけるかしてきた。その意味で、メス犬とメス犬でないものの区別がマジヌーンにはない。そんなわけで、『東京物語』を見たあとのように、『マンスフィールド・パーク』を聞きおえたときにも、マジヌーンのなかに興味深い謎が残った。

けっきょく、『東京物語』、『マンスフィールド・パーク』、マーラーの『交響曲第四番』といった芸術作品は、人間を理解するようには、理解できないのだ。マジヌーンはそれを知って驚いた。それらの作品は理解を誘いながら、理解を避けるように創られている感じがした。そして、そうした人間の一面をマジヌーンは愛するようになった。もちろん、それはニラの一面でもあった。

ニラの理解への道とマジヌーンの理解への道は重なっていた。ニラがマジヌーンにとって重要なことを知るとき、マジヌーンもニラにとって重要なことを知るのだ。しかし、ふたりの来た道はまったく違うものだった。そもそも、マジヌーンの歩んできた道にはニラが芸術作品と見なすものがなかった。マジヌーンには好きな映画も本もなかったし、音楽もなかった。さらに、ふたりの感覚の力も違った。マジヌーンの視覚はニラの視覚ほど鋭くないが、ニラが見つけられないものを見つけることができる。たとえば、リス。そのかすかな動きにも気づくことができる。リスが木の上にいようと、遠くのどこかにいようとだ。そして、嗅覚は驚異的だった。ニラがその日に作ったチキンの煮込みにチャドンベニ〔カリブ料理によく使われるハーブ〕を入れたかどうかがわかるくらいだ。味覚も同様。最後に、聴覚はニラより鋭い。高音を聞き取る力がニラ以上なのは当然だし、さまざまな音を聞き分けることもできた。ニラは昔から、動物はみなバッハの音楽（ニラのお気に入りのひとつ）が好きだと聞いたことがあった。ところが、マジヌーンは違った。まったく好きではなかったのだ。マジヌーンにとってバッハの音楽は腹のなかに針を刺されるような感じがした。ワーグナーのほうが好きで（ニラは好きではない）、ブルックナーがお気に入りだった。

――犬にも物語ってあるの？　とニラがある日きいた。

――もちろん、とマジヌーン。

――えっ、ねえ、マジヌーン、ひとつ聞かせて！

　マジヌーンはうなずくと、話しはじめた。

――メス犬のにおいがする。だがおれの前には塀がある。においは強く、おれはだんだんおかしくなる。物も食べられない。水も飲めない。塀は厚くて倒せない。横にあっちへ何マイル、そっちへ何マイルと続いている。おれは地面を掘る。掘って掘りまくる。主人には見られていない。そのうちようやく塀の下にすきまができた。メス犬のにおいが前よりもっと強くなる。メス犬を呼んでみる。返事はない。だが、塀の下にはすきまがある。掘りつづけるべきか。わからない。おれは、主人の家から食べ物のにおいがしているのに掘った。メス犬のにおいは強くなる。さらにもっと。おれは呼んだ。けどもう、腹が減った。

マジヌーンは話をやめた。

——そこでおしまい？　とニラ。

——イエス、とマジヌーン。気に入らなかったか？

——その、ちょっと……違うかな。ちゃんと終わってないよね。

——ものすごく感動的な終わり方だ。欲望と欲望のあいだに囚われているのは悲しくないか？


さらにニラとマジヌーンの距離は縮まり、ついには、相手が望むことを先回りしてわかるまでになった。ニラは、マジヌーンが何かを食べたいときや散歩をしたいときが正確にわかるようになったし、マジヌーンはニラがひとりになりたいとき、慰めがほしいとき、黙ってそばにすわっていてほしいときがわかるようになった。徐々に、ふたりは言葉、というか、英語を使うことが減っていった。

ある朝、ふたりは同じ夢を見たことがわかった。同じ野原や、同じ雲や、遠くに同じ家があった。赤い煉瓦《れんが》の煙突がある木の家だ。同じリスやウサギが出てきた。そしてふたりは同じきれいな小川の水を飲んだ。ひとつだけ違うところがあった。夢のなかのニラは、水をのぞきこむと、マジヌーンの顔が自分を見返してきた。夢のなかのマジヌーンは、自分が映るはずのところにニラの顔を見た。同じ夢を見たという事実に深く感動したニラは、それ以降、だれにも（ミゲールにも）マジヌーンを「ニラの犬」と呼ばせなくなった。

――マジヌーンがわたしのものなら、わたしもマジヌーンのものだから、とニラはいつもいいはった。

ニラの友人たちも、夫も、その反応をニラの面倒臭いおかしなこだわりだと思った。だがマジヌーンには、ニラの気持ちがわかった。ニラは主人ではない、ということなのだ。ありがたいと思った。だが、心の底では、自分はニラのものだと感じていた。自分はニラの一部でニラは自分の一部になっている、という意味で。

ふたりが見た単純な同じ夢が悲劇の前触れだったことは、どちらも知る由がなかった。命の糸を切る運命の女神アトロポスでも、すっかり親密になったふたりの糸を断つことはできそうになかった。マジヌーンが死ぬ時はすでに来ていた（犬としてはそれなりの年齢だった）のだが、アトロポスはニラの糸までいっしょに切ってしまいそうで、マジヌーンの糸を切れないでいた。

クロートー、ラケシス、アトロポスの運命の三女神の仕事は、普通は複雑なものではない。一番目の女神クロートーが命の糸を紡ぐ。二番目の女神ラケシスが、生まれたものの命の糸の長さを決める。そして三番目の女神アトロポスが糸を切り、そのものの地上での時間を終わらせる。命の糸と糸が絡み合うことはよくあった。多くの場合は夫と妻の命の糸で、夫婦が同時か、かなり近いタイミングで死ぬことが多いのは、そのためだった。実際、ニラとミゲールの糸は、ニラとマジヌーンの糸とほぼ同じくらい絡んでいた。ニラとミゲールはマジヌーンより長く生きることになっていたのだが、三本の糸はすっかり絡み合い、色も太さもそっくりで、アトロポスでも、鋏《はさみ》を使ったとき、だれの命が切れてしまうのかわからないくらいだった。

アトロポスはゼウスに激しく文句をいった。ひとりかそれ以上の神がこの者たちの生に干渉したにちがいありません。あたしが終わりにするはずの命を、正しく終わりにできないなんて、普通ではありません、と。しかしゼウスは、運命の三女神が苦手で話すのを避けているものの、文句には動じなかった。

――命は終わりにしなければならん、とゼウスはいった。糸を切るのはおまえの仕事だ。仕事をせよ。

そこで、アトロポスは意地悪く、絡み合った三本のうちの二本を切り、残った命に数年を足してバランスをとった。クロートーとラケシスはこの仕打ちを見てクスクス笑ったが、アトロポスはくさくさしていたために、いっしょに笑う気にはなれなかった。

――あの神々の王ときたら！　とアトロポスはラケシスにいった。いいえ、こう呼んだほうがいいかもね。「口うるさい浮気者」！　この切り方に文句があるなら、あたしを罰してごらん！

一週間、ニラとミゲールは皿洗いのことで喧嘩をしていた。皿洗いをずっとやっていたミゲールは、ほめられていいはずだと感じていた。

マジヌーンには、この喧嘩が奇妙でならなかった。まず、ミゲールはニラに皿洗いをさせようとしなかった。自分は家事をしない「男性優位論者」じゃないと常々いっていた。しかし、じつのところ、家事は皿洗いしかしていなかった。ニラの言い分は、わたしが掃除や片づけや料理でほめられたことなんてないけれど、そのことで文句をいったことはないでしょ、だった。たまに、ミゲールはニラの（原稿整理編集者の）仕事をどこか下に見ている風なことをいった。仕事といえるほどのものじゃない、といわんばかりだった。原稿整理の仕事の性質上、ニラは家にいることができ、そのことがミゲールをいくらかいらだたせていた。というのも、ミゲールはTVオンタリオのさまざまな番組の脚本の編集をしていて、毎朝、家を出なければならなかったからだ。ふたりは皿洗いのことで言い争い、次に家事のこと、次に仕事のこと、次に家事、次に皿洗い、次に家事、次に仕事、とえんえん喧嘩をしていた。結論の引きのばしのようなことをそんなに長く続けられることが、マジヌーンには驚きだった。おまけに、家事は喧嘩の定番で、ほぼ半年に一度は持ちあがる。なのに、ふたりはいつもそれが新しい問題であるかのようにかっかした。

「家事」というものは、どこをとってもおかしな発想だ。だれかがまずい場所に放尿するのでもないかぎり、どこに問題があるのか。マジヌーンにとっては、真の問題は人間のすまいの大きさと、潔癖さにあった。あれくらいたくさん場所があるなら、好きなときに部屋を移ればいいだけの話だが、人間は薬品のにおいをまいたり、部屋の表面をふいたりして、自分たちがそこにいることを欺いている。そして、皿洗い。ボウルや鍋や皿についているにおいや味を落として、なんになる？ まるで、いちばんいい部分をこすりおとして満足しているみたいだ。そう考えると、ニラがそんなことでかっかしているのが、かわいそうになった。

上下関係の争いだとはっきりわかることに関わるのはいやだったが、マジヌーンはミゲールとニラには、自分がそばにいない、ふたりだけの時間が必要だと考えた。いつもと違う変化が、ふたりにはいいように働くだろう、と思ったのだ。だがニラは懐疑的だった。ニラとミゲールは旅行に行くようなタイプではなく、観劇、映画、食事など、近場ですることのほうを好む。そのうえ、ふたりにとって最高に幸せな瞬間は、家にいるときに訪れるのだ。しかし、ニラはミゲールとの喧嘩にはすっかり辟易していた。ミゲールのほうも、偶然の一致というわけでなく、ニラとの喧嘩はもううんざりだった。そこで、ニラはミゲールに持ちかけた。いっしょにワイナリーをいくつかめぐって、そのひとつ、サーティ・ベンチの近くで二晩（金曜と土曜）泊まるのはどう？ ミゲールは即座に行こうといった。口論が終わるならなんでもよかった。

だが、マジヌーンの世話はだれがする？

マジヌーンは何かほしいなら冷蔵庫を開けられるし、ニラが「カリカリ」の袋を用意してくれれば問題ないし、人間のようにトイレで用を足せるし、家で火か煙が出たときには逃げることができるし、水がほしければ裏庭の水道の蛇口を開け閉めできる。だから、首を横にふった。知らない人間の世話などいらない。ニラはマジヌーンをひとり家に置いていくのは気が引けた。だがミゲールは、犬は鍵をかけて安全に閉じこめておけばいい、と思いこんでいるので、こういった。

——マジヌーンは大丈夫だろう。

ミゲールの後ろにいたマジヌーンも、うなずいた。ニラは不安だったが、折れた。そして金曜が来た。

その日の朝、マジヌーンとニラはいっしょに散歩に出かけた。ハイパークに来たのは久しぶりだった。マジヌーンはもう十歳で、ほかの犬に近づかれるのが我慢できなくなっていた。攻撃されたとき、以前ほどうまく応戦できなくなっていたからだ。マジヌーンとニラは公園のなかを歩くことにしたものの、リードなしのエリアには近づかないことにして、ハイパークのパークサイド・ドライヴ沿いにある鉄と石の門から入った。マジヌーンたちはほぼふたりきりで、あたりは人も犬もまばらだった。園内のセンター・ロードにたどり着くと、そこからは道に沿って、丘を大まわりしてのぼっていった。そのあいだ、なんの気なしに季節の話をした。ニラは秋が好きといった。葉が色づく様や、ひんやりした空気や、冬が近づいている感じが好き、と。だがマジヌーンには、好きな季節を持つなどという発想はなかった。

――ほかの三つの季節より好きな季節があるはずよ、とニラ。

――理由が思いつかない、とマジヌーンはいった。季節がいつ始まるのか、はっきりわからないし、季節と季節の途中も好きだ。途中の途中も好きだ。途中の途中の途中も好きだ。

ここでふたりは声をあげて笑った。これは、ときどきあるように、マジヌーンがうっかり笑ってしまったからではない。ニラをからかって笑ったのだ。

――季節は百くらいないとな、とマジヌーンはいった。

――ほんと、そう、とニラ。

それから、ニラはマジヌーンの耳の後ろをかいた。マジヌーンが、そうされるのが好きだからだ。

いつもより長い散歩になった。一時間かもっとたっていただろう。公園を後にすると、ソローレン・アヴェニューを進んでピアソン・アヴェニューに入った。ニラは自分を甘やかすのは好きではなかったが、そこのミッツィズ・カフェでキャロットマフィンを買うと、マジヌーンを共犯者にするかのように、少し食べさせた。

――甘すぎる、とマジヌーン。

――うん、でも人参が入ってるし、毎日食べるわけじゃないし。

家に帰ると、ニラは必要な荷物を最小限にまとめた。洗面道具、メイク道具、黒のワンピース、替えの下着。それからマジヌーンといっしょにオペラ『皇帝ティートの慈悲』の一部を聴いた。そのうち、ミゲールが仕事から帰ってきた。あと三十分もしないうちに、出発だ。ミゲールが車にスーツケースを積んでいるあいだ、ニラはしゃがんでマジヌーンの目をのぞきこんだ。こうされると、マジヌーンはいつも落ち着かない気分になった。

——ほんとに大丈夫ね？　とニラはきいた。お腹が空いたとき用に、カリカリの袋を出しておくから。食料庫にもっとある。冷蔵庫の下の段にはステーキもある。外の水道の蛇口にはオイルを差しておいた。喉が渇いても、困らないと思う。ほんとに大丈夫？

——イエス。

こういうときは、ミゲールのやり方のほうが好きだ。ミゲールはニラほど気を遣ってくれないかわりに、マジヌーンを落ち着かない気分にさせることもない。

ニラはマジヌーンの腹の毛を指ですいた。

——日曜の午後にもどるから、とニラはいった。

それからニラは出ていった。玄関の扉の鍵をかける音がした。ニラがポーチを歩いていく。足音が小さくなって消えた。

一日目が終わった。そして二日目も。

前にも出てきたとおり、犬が知性を得て変化したために生じた不都合な点のひとつが、新たに時間を意識するようになったことだ。一瞬が千の瞬間で、千の瞬間が一瞬という至福の状態が、すべての犬には普通だった。ところが変化のあとは十五匹それぞれが、新しい時間に対処しなければならなくなった。時間の経過を知ることになったのだ。マジヌーンは、ほかの犬にくらべるとうまくやったほうだった。というのも、ニラがいて、時間がたつのを忘れさせてくれたからだ。ロンセズヴェイルズ・アヴェニューや湖岸のそばをニラと歩いているときは、時間がのびたらいいのにと思うくらいだった。いずれにしても、いっしょにいると時間はすぐに過ぎた。ところがニラがいなくなったことで、時間の経過という苦しみから逃れる手段がほとんどなくなった。最初の二十四時間は、意識しなくてすむように、ニラへの詩を作った。もどってきたときに驚かせる贈り物だ。

夏は煙に霞み、
どこまでも広がる芝生が
あるだけ。虚ろなる地《じ》の苔《こけ》の上、
小さなポーチの手すりを越えて、現れたのは
運命

そのあとは、ニラがマジヌーンのためにCDプレイヤーにオペラ『タンホイザー』を残していってくれたので、それを聴いて、眠って、また聴いて、裏口から外に出て、人と犬を避けながらハイパークのはずれをぶらついて、眠って、また『タンホイザー』を聴いて、また眠った。月曜の朝、目覚めると、ひとりだったので戸惑った。キッチンの時計は動いているようだ。秒針がいつも通り、ぴょんぴょん飛んでいる。なのに、ニラはもどっていない。これは、太陽が西からのぼるくらい、不思議なことだ。マジヌーンはその日、ほとんど何も食べなかった。そしてミゲールとニラがいやがるのは知っていたが、ふたりのベッドで横になった。家のなかで、ふたりのにおいがいちばん強い場所だからだ。

月曜が戸惑いの一日だったとしたら、火曜は言葉にできないほど奇妙な一日だった。午後のいつごろか、玄関の扉の鍵が回る音がした。音がしたとたん、マジヌーンは警戒した。だれかが家に侵入しようとしている。ニラとミゲールの足音や声や体重ならわかっている。玄関にいるのは、ふたりのどちらでもない。マジヌーンは玄関までかけていくと、うなり声を出した。入ってきたやつに飛びかかろうと身を低くする。だが、マジヌーンは攻撃しなかった。できなかったのだ。侵入者は、よく知っているのに「違う」人だった。マジヌーンは思わずきいた。

——だれだ？

男（ミゲールの兄）は一瞬、マジヌーンを見つめたあと、扉をばっと開いた。後ろにいる人たちに叫ぶ。

――嘘だろ！　おかしい。間違いない。犬がしゃべった。

後ろのだれかがいった。

――ミゲールがいないから、おかしな感じがするんだよ。

男がミゲールの名前をいったので、マジヌーンは思わず飛びかかりそうになったが、かろうじて抑えた。その大事な音を口にする権利は、ほかの者にはないように思えたのだ。しかし、マジヌーンは家のなかに引っこんだ。しっぽを垂らし、後ずさって、ミゲールの家族をなかに入れる。

ミゲールの母親が家に入るなり、泣きだした。

――ああ、神様。

息子たちが母親を支え、四人は抱きあって、玄関ホールにたたずんだ。マジヌーンには四人の感情がまるで自分の気持ちのように感じられて、いくつもの矛盾する気持ちを引き起こした。同情、嫌悪、怒り。どうしてこの連中が、ニラの代わりにここにいるんだろう。すぐに帰りそうにないし。四人はしばらく玄関ホールにいたが、やっと男たちが年老いた女をリビングに連れていった。女がソファに崩れるようにすわりこむ。まだ悲しみに押しつぶされている。

なんと奇妙な侵入だろう。マジヌーンに気を留める人間はだれもいなかった。だれもが口をつぐんでいる。やがて侵入者たちは家じゅうを葬列のように歩きまわって、いろんな物を引っぱりだしていった。服、手紙、箱。物探しのほとんどはミゲールの兄弟たちが行《おこな》った。母親も、なんとかソファから立ちあがると、物探しを手伝った。マジヌーンはリビングに残った。じっとすわったまま、動かない。しゃべらないでいることが、ニラがいつ帰ってくるのか、きかずにいることが、拷問のようだった。

――犬はどうする？　と兄弟のひとりがいった。

――セアラが連れていくだろ、と別のひとり。

――ニラの犬だから、とミゲールの母親がいった。ニラの友だちがだれか飼えばいいわ。

マジヌーンはそれだけきけば十分だった。すぐに理解できた。ミゲールの家族は自分とはなんの関わりもない相手であり、ニラのことを信頼しておらず、自分に何かしてくれるつもりもない。できるだけ騒がず、急ぎもせず、マジヌーンはすわっていたところから立ちあがると、ミゲールの家族から遠ざかった。キッチンに入って、裏口を開け、裏庭をつっきって、裏のフェンスの扉を開ける。だれかが止めようなどと考える前に、ジェフリー・ストリートをなかほどまで、ロンセズヴェイルズ・アヴェニューのほうへ向かう。さらにそこから、ハイパークに入った。群れのすみかだったところにもどるつもりだった。マジヌーンに残された場所はそこしかない。ただ、そこにはこの世を去った犬たちの魂が漂っていた。

次の日の早朝から、マジヌーンの新たな監視の日々が始まった。家にもどって、あたりに目を配りながらニラを待つ。場所は、通りをはさんだ見晴らしのいいところを選んだ。そこは必要なら逃げきれるくらい離れているが、家の出入りがすべて見えた。

それから数年間、マジヌーンはたっぷり時間を使って考えつづけた。家から逃げてきたものの、早まったのではなかっただろうか。家にとどまっていたら、ニラについて何か情報を聞けたかもしれなかった。ニラがどこにいるのかといったことを。ただ、情報を耳にしたからといって、マジヌーンの生き方が変わることはなかっただろう。ミゲールの家族が何をいおうが、いずれにしてもマジヌーンのすることは決まっていた。ニラを待つだけだ。

待つといっても、いざやろうとすると、難しかった。待とうと決心することは難しくない。というか、決心など必要ない。ニラはもどってくるのだから待つのは当然なのだ。それよりニラに自分を探させることのほうが、とてつもなく残酷に思えた。ただ、待つとなると、やらなければならないことが次々に出てくる。たとえば、食べなければならない。マジヌーンは独特の形でニラのものであり、そのため勝手に死ぬこともできない。そして、空腹を満たすために時間を費やさなければならないことが、腹立たしかった。その瞬間にも、ニラが自分と会えると思ってやってくるかもしれない。それなのに、番を離れて時間を使わなければならないのだ。ほとんど毎朝、マジヌーンはハイパークのなかでごみ漁りをして、見つけた物はなんでも食べた。それでもまだ空腹のときは、噛んで遊ぶおもちゃやドッグフードを売っている場所が開くまで待つ。ケンネル・カフェだ。そこでは必ずビスケットと、水を入れたボウルが出されている。マジヌーンが一日動くには十分すぎる量だった。

そして、待つのには戦略が必要だった。

最初に、家はミゲールの家族に制圧された。そして、家族のだれかがマジヌーンを見ると、追いかけてきた。なぜ家族に必要とされるのか、よくわからなかった。おそらく自分たちのものだと思われているのだろう。だが、マジヌーンは向こうがどうしようか考える前に逃げた。半ブロック走って、ついてきたかどうかを確かめて、さらに半ブロック走った。そんなことをするうちに、向こうが諦めた。走るのは体にはきつかったが、捕まることはなかった。

また最初のうちは、隠れて観察できる場所を見つけられなかった。だが、ひとところに長くいすぎると、必ず人間がやってきて邪魔をする。いちばん危うかったのは、トロント・アニマル・サービスと呼ばれる連中が捕まえに来たときだ。アニマル・サービスがやっかいなことは知っていた。ニラから聞いていたのだ。自分たちに不都合な犬を殺す連中らしい。そこで、マジヌーンはアニマル・サービスのワゴン車を見かけると、すぐさま走りだし、家の並びの裏に飛びこみ、隠れ、こっそり移動して、また隠れ、どうにかハイパークにもどってきた。丸二日間林に身を潜め、つまり丸二日間家に近づかず、そのあいだ、ニラがもどってこないか、もうもどってきていないか、自分がいなくて慌てていないかと気をもんだ。

そしてマジヌーンの暮らしが変わった。待つことが変わった。

人間たちのマジヌーンへの興味がなくなったのは、マジヌーンとミゲールとニラの家の芝生に「売り家」の看板が立ったときだった。どうやら、ミゲールの家族が自分たちのものではないものを売りに出したらしい。それから数週間足らずで看板ははずされ、見知らぬ人たちがマジヌーンの家に出入りするようになった。女ひとり、男ひとり、金髪の小さい子どもがふたり。

マジヌーンは特定の芝生の庭や、どこかひとところで待つことはしないで、場所をいろいろ変えた。通りを渡ったところ。二軒先。一軒先。さらには、マジヌーンの家にやってきた女と子どもたちが乱暴でないことがわかると、家の裏庭でも待った。時とともにマジヌーンは年をとって痩せていった。ニラがもどってくるのを見過ごすかもしれないという心配は少し薄れ、いっそう確信するようになった。ニラは帰ってきたとき、きっと自分を探す。ニラが探してくれたら、それが自分にはわかるだろう。帰ってきたら、自分にはきっとわかる。

マジヌーンの暮らしが決まったパターンに落ち着くにつれて、まわりの世界がゆっくりと変わっていった。ニラがいなくなって二年もすると、ジェフリー・ストリートの人間たちが、マジヌーンのために食べ物を置いてくれるようになった。鶏などの肉やパンや人参のかけらなど、自分たちの食事の残りをあれこれ。ただ、人間たちはマジヌーンとは距離を置いていた。というのも、マジヌーンはまだ少々威圧的だったからだ（いくらか灰色のまじった全身黒い姿で、何を考えているかわからず、ぴりぴりしていた）。トロント・アニマル・サービスに連絡する人間はいなくなった。また、そのあたりの犬もマジヌーンを放っておいた。それは恐怖からでも、マジヌーンが普通ではないからでもない。待ちつづけるその純粋さに、敬意を払ったためだ。犬ならみな、マジヌーンの強い決意や願いの深さを疑ったり、誤解したりするはずがなかった。待つとはそういうことだと知っている。だから、ほんの少し離れたところにいっしょに黙ってすわる犬が、たまに現れた。そして尊敬のしるしとして、マジヌーンの仕事に加わった。

マジヌーンは待ちながら緊張感を失わないように、さまざまなことを考えた。この数年のあいだ、千ものことを考えたが、多くの時間を費やしたのがふたつの疑問だった。ひとつは、人間性。人間でいることになんの意味があるのか。けっきょく、マジヌーンは答えを出せなかった。マジヌーンは人間に生まれついたわけではないのだから、人間特有の制限のある世界がどんなものか、理解できるはずがないのだ。たとえば、冬の雪のにおいと早春の雪のにおいの違いがわからないことが、どんな感じなのか。水の味や発情期のメスのにおいは千差万別で、そんなものは目隠しをしていてもわかることなのに、それがわからないというのは、いったいどんな世界なのか。それほど不自由な状況とは？　想像できない。したがって当然、自分からさまざまなものが差し引かれた状態（そういう人間）を知ることなどできなかった。まるで、「人間」は犬から犬の優れたところを抜いた残りのように思えた。

この疑問は、ニラをニラたらしめるものについて考えるひとつの方法だった。ニラが見ている世界を想像する方法であり、ニラが感じるように世界を感じ、ニラが考えるかもしれないように世界を考える方法だった。

ふたつ目の疑問は、自分自身のことで、自分が犬であることの意味（それがなんらかの意味があるとして）についてだった。本当のところ、自分はなんなのか。世界のどこに当てはまるのか。ニラを待っているのは、習性からなのか、それとも、こんなふうに身を捧げるのはほかに例がなく、非常に尊いことなのか。たいていの日は、待っていることが正しいとしか考えられなかったが、たまに、待っているのは本能のせいでしかなく、そうしないではいられないだけではないかと思えた。この考えが浮かぶたびに、悲しくなった。だが単に本能の問題なら、ニラでなくてもいいはずなのだ。ニラは主人ではない。ニラがいて初めて自分が完全になれる、そんな存在であり、いてくれることで、確実に自分を豊かにしてくれる存在だった。

そんなわけで、犬であることについて考えることでも、ニラに近づけた。

確証はないが、神々は命に限りのあるものたちの苦しみにまったく無関心というわけではないらしい。生き物の苦しみを面白がることもある。楽しむこともある。そして、めったにないが、心を動かすこともある。

マジヌーンが五年待ちつづけたとき、ゼウスは気がついた。この犬は寿命をとうに過ぎている、苦しみが不必要に長引いている。この犬の高潔な魂に心を動かされたゼウスは、運命の三女神の館を訪れた。

運命の三女神の元を喜んで訪れるものはいない。三人とも高慢で、だれのいうことにも聞く耳を持たず、考え方は奇抜。生き物の命を紡ぐ館も不快だ。白くて、縦横十メートル、奥行きは無限からきっちり一ミリ短い。クロートーの糸車のそばには、台座つきの白い壺が十一個一列に並び、それぞれに特定の感情の要素が入っている。命の糸を紡ぐとき、ラケシスがそれぞれの壺に糸を浸す。最後にアトロポスが糸を切る。(原則として、ラケシスは、どの糸もすべての壺にまんべんなく浸すことで、どの命も同じように豊かな感情の幅を持つようにしている。しかし、ラケシスは何をしでかすかわからないところがあり、ひとつかふたつの感情にしか浸さない糸をときどき作る。そうなると、単調きわまりない生や耐えがたい生が世に出ることになる。自殺者が生まれるのは、ラケシスのせいだ。)

自分たちの館と性格のために、たいていの神々がまったく近づこうとしないのも、三女神だけでいるのも当然だった。だからクロートー、ラケシス、アトロポスは、自分たちの館にゼウスの訪問を受けたとき、密かに喜びながらも、見るからに挑戦的な態度をとった。

——まさか、文句をいいにいらしたのではないでしょうね、とアトロポスはいった。

——おまえたちのことは時の始まりから知っている、とゼウスがいった。これまでのところ文句のつけようがない。

——このお方のいうとおりね、とクロートーがいった。あたしたちはほかの神にはできないことをしているもの。文句のつけようがあるはずないわ。

三女神は声をあげて笑った。

——だが、とゼウス。仕事に関しては落度がないとはいわせない。命あるものの一部には、命が不当に縮んでしまったものもいれば、不当に長引いてしまったものもいるように見える。

——それは神々の王の落度でしょう、とアトロポスがいった。もしも不具合なことが起こったとしたら。

——わしはマジヌーンの寿命を引きのばすことを決めたりはしていない。おまえたち三女神が無実のものの苦しみを引きのばしたのだ。わしはその件ははっきり禁じたはずだが、おまえたちが干渉した。だが、きっとわけがあるのだろう。話すつもりがあれば喜んで聞こう。

——は？　冗談《じょーだん》！　とアトロポス。

——その生き物が苦しんでいるのなら、文句は息子たちにいうがいい、とクロートー。あのふたりは昔からおせっかいなんだから。落度があるとしたら息子たちにでしょうよ。子どもに好き勝手をさせておく父親にも落度があるかもしれませんがね、おお、偉大で絶大な神ゼウスよ。

ゼウスがうなずく。

――せめてマジヌーンの苦しみを終わらせてやってほしい。

――さあねえ、とアトロポスがいった。この件は、こっちの手からも、そっちの手からも離れたんだから。

――では、マジヌーンを永遠に待たせるつもりか。

――永遠ではありません、とラケシス。その犬にも寿命がありますから。

――せいぜい五十年、とクロートー。

――犬には長すぎる、とゼウス。

ところが、マジヌーンのニラに対する忠誠に、知らず知らずのうちに心を動かされていたアトロポスは、態度を和らげた。

――神々の王が説得して、諦めさせることができたなら、命を終わらせてやってもいいでしょう。そのかわり次にあたしたちがあなたの元へ頼み事をしにいったときには、きいてくださいな。

三女神から最大限の譲歩を引き出したゼウスは、すぐにヘルメスとアポロンを呼びよせた。

――おまえたちの遊びのせいで、おまえたち以上にわしが犠牲を払わされた。ふたりのうちのどちらかが、マジヌーンを説得して、待つことを諦めさせるように。失敗したら、ふたりとも、マジヌーンの苦しみが終わるまで苦しむことになるぞ。

——父上、脅しは不要です、とアポロンはいった。いつだってわれわれはいい息子だったではありませんか。いわれたことはなんでもその通り、実行します。

そして兄弟はどちらがどうするかでいいあったあと、アポロンがヘルメスに、おまえにはあの手があるじゃないか、といった。夢に登場して世話を焼くあれだよ、と。こうして、ヘルメスがマジヌーンに待つことを諦めさせる責任を負うことになった。賭けに関しては、ニラがもどってこなければマジヌーンが死ぬときに幸せであるはずがなく、ふたりの意見はそれで一致したため、今まさに死の淵にいるプリンスが、ヘルメスの最後の頼みの綱ということになった。

——楽しみだなあ、おまえがわたしのいうことを二年間きくなんて、とアポロンがいった。そのときには、おまえが火の玉の御者の仕事を気に入るか、見てみよう。

ニラとマジヌーンがほかに例のない絆を結ぶのを黙認していたために、ヘルメスの仕事は予想以上に難しかった。待つのをやめるように、ただマジヌーンにいうだけではだめだろう。ヘルメスはニラがもどってこないということをマジヌーンに納得させるほど話術にたけていない。そのうえマジヌーンを立派に思う気持ちもあったので、それがいっそう障害になった。明らかにだますような手は使いたくないと思ったのだ。たとえば、ニラの姿になって現れるようなことはしたくない。しかし、ニラがいなければマジヌーンは幸せになれないし、いくら待ってもニラは帰ってこない。だから、ヘルメスは小さな情けをかけてやりたいと思った。マジヌーンに自ら死を受け入れさせてやるのだ。

ある日、マジヌーンは以前わが家だった家の向かいの裏庭にすわっていた。すると、輝く青い目以外、マジヌーンそっくりの黒いプードルが、かつての群れの言葉で話しかけてきた。

——隣にすわってもいいか？　とヘルメスがきいた。

群れの言葉が聞けたのがうれしくて、マジヌーンはいった。

——かまわない。だが、おれたちの言葉をどうして知っているんだ？

——いくつもの旅をしてきたからだ。いくつもの言葉を知っている。

——人間の言葉もか？

——そうだ、とヘルメス。あちこちで暮らしてきた。

英語でマジヌーンがいった。

——あんたはとても知性があるんだろうな。

英語でヘルメスは応えた。

——そうだな。しかし、わたしの長所の話はしなくていい。

そのとき、マジヌーンは、このプードルに夢で会ったことがあることに気がついた。

――あんたは犬じゃない。あんたのことは知っている。おれにどうしろというんだ。

――おまえを助けにきた。

――ニラがどこにいるか教えてくれ。

――ニラの元へ連れていくことはできるが、それには、ここを去らなければならない。

マジヌーンは五年間見つめつづけてきた家に目をやった。赤い煉瓦、背の高い煙突、三角屋根、三階には雨戸のしまった窓、二階には出窓、小さい屋根つきのポーチ、前庭には青々としたトウヒ、何種類かの低木でできた生け垣。この犬はその家の煉瓦が、アルミニウムが、木材が大好きなんだ、と人はいうかもしれない。しかしいうまでもなく、そうしたものが大切に感じられるのは、ニラがなかに住んでいたからこそだった。

――ここを去ることはできない、とマジヌーンはいった。

――だったら、わたしもいっしょにいよう。許してくれるなら。わたしがほかにできることはあるか？

マジヌーンは考えてみた。ほしいものは何もないが、この訪問者にどれほどの力があるのか試してみたくなった。

――時間を止めてほしい。

――気は進まないが、おまえが望むなら。

するとき時間が止まった。二軒先の庭木の枝に舞い降りた一羽の小鳥が歌うのを止め、時間が止まった瞬間に奏でた音を発しつづけている。音が消える時間がなくなったため、まわりの騒音が耐えがたいものになった。地球が耳をつんざく警報器になったかのようだ。花のついた低木の葉の上を浮かぶように飛んでいたチョウが、空気のゼリーに閉じこめられている。羽の黄色いふさふさの縁どりの上に、真っ青な丸い模様がはっきり見える。においまで動かなくなった。マジヌーンが頭をほんの少しずらしただけで、ひと筋のにおいに当たった。それだけではない。もうひと筋、またひと筋と、無数のにおいが雲母の層のようにある。

――もういい、とマジヌーンはいった。

時間が止まったのは、ほんのしばらくだった。

――気晴らしによくやったものだ、とヘルメスはいった。どのくらい耐えられるか試したくてな。おまえと同じだよ、マジヌーン。わたしもあまり長くは耐えられなかった。兄のアレスは何日も耐えられたがね。

――あんたの兄はきっと強いんだな、とマジヌーン。

――いや、とヘルメスは応えた。時が止まったときの音が、戦を思い起こさせるからだ。アレスは戦が好きだから。

その言葉から、マジヌーンはこの相手が世界を完全に超越していることを理解した。恐ろしかったが、それでもたずねた。

——神でいることは、どんな感じだ？

——非常に残念だが、それは、命に限りのあるものが学ぶことのできない言葉でしか表現できない。

——おれたちが感じるように感じるのか？

——いや、とヘルメスは答えた。おまえが感覚と呼ぶものは、わたしのそれとは構造も性質も違う。さわろうと思えばさわれるくらいはっきりしたものなのだ。蒸気や煙のようなものだ。

——不思議だな、とマジヌーン。

いっとき、マジヌーンとヘルメスは黙っていっしょにすわっていた。家々、空、世界を眺めつづける。通り過ぎる人間たちは、マジヌーンがいつもの場所のひとつにいて、いつものようにじっと前を見ていると思った。だれもヘルメスは目に入らなかった。一方、犬や猫や小鳥はヘルメスが目に入った。それからマジヌーンが見えて、ぞっと身を震わせた。

マジヌーンには、質問したかったことが千はあった。犬は人間より偉大なのか。どの生き物がいちばん賢いのか。なぜ死はあるのか。生きることの目的はなんなのか。ほとんどの質問が興味深かったが、今となっては、どの答えも重要ではなくなっている。ただ、知りたいことがひとつあった。ニラはどこにいるのか。だが質問をするのが恐ろしい。いや、答えが恐ろしい。そんなマジヌーンの気持ちを考えて、ヘルメスはニラのことを話さず、きかれるのを待った。

マジヌーンは、自分にとって大事な問題を持ちだせないでいたが、のんびりヘルメスとの時間を楽しんでいた。さまざまなことを（声に出さずに）話し合い、そのあいだ、神も犬の心のなかでくつろいでいた。そして一日は、またたくまに過ぎた。

太陽が沈むころ、マジヌーンはのろのろと持ち場を離れた。ロンセズヴェイルズ・アヴェニューをヘルメスとぶらぶら歩いて、ハイパークのほうへ向かった。マジヌーンは地面のいろんなにおいをかいでいたが、やがてヘルメスが先に立って、マジヌーンをデリカテッセンの裏に連れていった。そこでカビ臭いパンと、いくつかつながっているスモークソーセージを見つけた。マジヌーンは食べたいだけ食べると、西のハイパークへ向かった。速く歩ける年齢はとっくに過ぎており、暖かい日でも公園の奥までは行かなくなった。行ってもせいぜい園内のはずれに近い遊具《プレイグラウンド》のある遊び場か、アヒル池か、市電が回ってくるそばの林くらいだ。

やっとマジヌーンとヘルメスは松の木の下に腰を落ち着けた。さっきまで避けていた疑問が頭に入りこんできて、マジヌーンは不安を隠すことができなくなった。

――わかっている、とヘルメスはいった。質問したいことがあるのだろう？

――「愛」の意味を教えてくれないか？

太陽はほとんど沈み、林の上に真っ赤な線を残すだけになっていた。夜の音がやってきた。昼間の音よりさりげないが興味をそそる音だ。公園のあちらこちらを街灯と月明かりが照らしている。陰が深くなった。

――おまえたちの体は本当に美しい、とヘルメスはいった。感覚もすばらしい。おまえを変えてしまったことを後悔しているのだ、マジヌーン。おまえが元のままだったら、ほかの犬と変わらない普通の犬だったら、そんな質問が頭に浮かぶこともなかっただろう。答えはすでにわかっていると思う。

――この言葉をいうと、ニラを思い出す、とマジヌーンはいった。

――そうだろうな、とヘルメスはいった。取り引きをしよう。わたしが質問に答えたら、おまえはここを去ることを考えてほしい。

――ニラがいないのに去ることはできない。

――考えてほしいと頼んだだけだ。

そこでマジヌーンは取り引きに応じ、すわりなおした。

――おまえの知りたいことは、マジヌーン、愛の意味ではない。愛の意味はひとつではないし、それはこれからも変わらない。おまえが知りたいのは、ニラがその言葉を使ったとき、ニラがどういう意味で使ったのか、ということだ。これはさらに難しい。なぜなら、ニラの言葉はひとりの女がたどった長い旅のようなものだからだ。ニラはさまざまな本でその言葉を読み、多くの会話でその言葉を聞き、友だちや家族と、ミゲールやおまえと、その言葉について話し合った。ニラとまったく同じようにして、愛という言葉に出合ったり、使ったりした者はほかにいない。だが、わたしなら、ニラがたどった道をおまえにもたどらせてやることができる。

そして翻訳の神ヘルメスはほんのわずかな時間で、マジヌーンに、ニラが愛という言葉に出合ったすべての時を味わわせてやった。ニラが愛という言葉を聞いたり、考えたり、口にしたりしたときにニラの心に湧きおこった感情も、ニラが考えたことも、味わわせてやった。わかるかわからないかくらいの気持ちの揺らぎから、もっとも深い感情まで、あらゆる段階の感情も。マジヌーンはニラの「愛」を深く理解するにつれ、苦悩も深まった。マジヌーンのなかでニラがよみがえっていた。まるでいっしょにそこにいるかのようだ。なのに、ニラは遠い。ふいに、ニラがそばにいないことが強烈に耐えられなくなった。

マジヌーンは泣き叫ぶこともできず、悲しみに飲みこまれた。やっとのことでため息をつく。それから錆色の松の葉の上に寝そべると、前足を交差してその上に頭を乗せた。

――もう待つ必要はない、とヘルメスはいった。ニラの元へ連れていってやろう。

そのとき、マジヌーンはニラにもう一度会えるならなんでもしただろう。マジヌーンは泥棒の神を信じて、待つことを諦めた。マジヌーンの魂は、ヘルメスに導かれ、夜の闇を進んでいった。

5　ふたつの贈り物

プリンスの詩のなかにヒント、それも明らかなヒントはあっただろうか。このものの魂になら安心して賭けられる、と神が思うようなヒントだ。いや、それはなかっただろう。なにしろ、消えゆくひと握りの犬しか知らない言葉で詩を作り、そして覚えることに時間を費やす犬だ。楽観的になれる材料などない。それどころか、プリンスが最後の詩を作るころには、ほかにプリンスの詩を理解できる仲間はいなくなっていた。群れの言葉は、生まれたときとほとんど同じように、急に消えてしまった。

灰色の目をした夜明を走る
そして前夜漁ったごみを思いながら
茶色の犬はとぼとぼ
鼻孔を広げて門をくぐる

世界の上で鳥たちが歌うのは
落ちたチーズ、
犬が食べたシシカバブ、
家で犬を待つ
いろんな料理

だが、それだけではなかった。プリンスのなかには機知や遊び心という興味深いものがあった。それが深みのある光を放っていたのだ。けっきょく、泥棒の神ヘルメスがプリンスを守ってやろうと思ったのも、そのためだった。プリンスは快活な性分だ。死ぬときに不幸せである可能性も高いが、幸せである可能性も高いだろう。

プリンスはアルバータ州ロルストンで産声をあげた。雑種から生まれた雑種から生まれた雑種。とにかく多くの血が混じっている。毛の長さは中位、赤茶色の体は胸のところだけ白い。ゴールデン・レトリバーの血がいくらか入っているのは確かで、おそらくボーダー・コリーの血も少し入っている。プリンスを飼っていた家族は血統を気にしていなかった。息子のキムにとっては、まったくどうでもよかった。プリンスに餌をやり、散歩に連れていき、草原でプリンスを追いかけ、いっしょにホリネズミを捕まえた。

プリンスの性格は生まれつきのところもあったが、キムによって培われたところもある。遊び心と知性をのばしたのはこの男の子、キムだ。また、アルバータ州という独特の場所が、土地のイメージ通りにプリンスを育んだ。つまり、そこで暮らすことでアルバータの犬らしくなった。二年間、ロルストンはプリンスのふるさとになり、なわばりになった。プリンスはロルストンも自分の暮らしもすべてが大好きだった。夏の草原のにおいから、缶詰めのドッグフードの味まで、二二ロングライフル弾を発射するびっくりするような銃声から、傷を負ったはずのウサギを追って探すことまで、キムの寝室のにおいから、家族みんなの愛情までが大好きだったのだ。いろんな意味で、生まれてからの二年は、のどかですばらしいものだった。

そして、家族という群れとの別れがやってくる。キムがロルストンから引っ越すことになり、プリンスも連れていかれた。その旅自体が次第に気が滅入っていくものだった。一家が出発したのは春の寒い朝の早い時間だったが、プリンスはみんながウサギ狩りにいくのだと思って、わくわくした。ただ、雰囲気がおかしかった。やけに張りつめた感じがある。キムのお母さんが動揺しているのがわかった。それでもプリンスには、お母さんがしょっちゅうわけもなくそうなるように見えていたので、車に飛びのると興奮して、風のなかにウサギのにおいを探しはじめ、お母さんの泣き声や家族の奇妙にぎこちないふるまいは無視した。

石鹸とエンジンオイルのにおいのするシャツを着たキムが、窓を少し開けてくれたので、プリンスは鼻先をこっそり外に出して、太陽が朝を焼きつくす直前の露に濡れた地面のにおいをかいだ。なんて楽しいんだろう！　だがそのとき、いくつもの慣れ親しんだにおいが消えて、覚えのない単調なにおいになった。タールと土ぼこりと石のにおいだ。世界も違ったふうに見えてきた。故郷にあった美しい距離感が、どんどん縮んでいって息苦しくなってくる。キムたちが車を止めて狩りをするようには思えなくなってきた。キムがプリンスを車から出してくれた。ただし、リードをつけて。だがおかげでプリンスは放尿することができた。ガソリンのにおいのする世界の真ん中のどこか、小さな芝生の上だった。けっきょく、みんなは食事もして、車のなかで眠って、ふたたび出発した。

そこから世界はますます知らないものになっていった。音も、においも、窓の外を飛んでいく景色も。プリンスが大好きだったものはすべて消えてしまったように見えた。残ったのは背の高い建物と、行き交う車と、豊かに見せかけたからっぽの空間。たどり着いた場所は、都会だった。

最初のころ、プリンスは都会でいつもまごついた。そしてこの街はプリンスからキムまで奪ってしまう。新しい世界は迷路がえんえんといくつもつながっているように思えた。時間をかけて、そんな都会の歩き方を学んでいたなら、プリンスもキムをまた見つけられたかもしれない。しかし、プリンスにそんな時間はなかったし、そのうえ、キムがどうして消えるようなことが起きたのか、さっぱりわからなかった。プリンスとキムは小さな川が流れる峡谷をぶらついていた。そこには木もあるし鳥もいたし、なんといってもリスがいた。プリンスはキムといっしょに歩いていたのだが、次の瞬間、峡谷の横の斜面をちょこまか走るリスを追いかけていた。

最後に聞こえたキムの言葉は

――プリンス！　待て！　待て！　だった。

真剣な声だった。いつもなら、プリンスはすぐにもどっただろう。だが、問題のリスは生意気だった。噛んでみろといわんばかりの態度だったのだ。そして、木々に水、知っていると感じられる世界のにおい。うれしくてたまらなかった。プリンスは走った。思いきり走った。こんな高揚感は二度と味わえないかもしれない。すごい！　プリンスは峡谷の斜面をかけのぼった。キムには簡単についてこられない場所だ。それから見たことのない通りをいくつもさまよい、タマネギやペンキや料理した肉のにおいがする家々のあいだを進んだ。

そのうち、プリンスは探検を止めた。ゲームは終わりだ。キムを探しはじめたが、一軒の家の扉が開いていて、人間の女に呼ばれ、なかで水とビスケットをもらった。この家にどのくらいいただろう。はっきりとはわからない。外に出たいと吠えると、リードをつけられて散歩に連れていかれてしまう。プリンスはそこの飼い犬になっていた。数日か、おそらく数週間後、なんとか逃げだした。もちろん、それからキムを探したが、キムの痕跡はすっかり消えていた。峡谷から遠くに来ていたし、恐ろしい通りの迷路では迷子になるし、耳障りな新しい騒がしさに悩まされた。

そのあとの数日間はぞっとするものだった。ロルストンにいたときでさえ（そこの雰囲気やにおいだけでなくすべてを知りつくしていたというのに）、プリンスは人間の親切心を信じていなかった。土地の人間に追いかけまわされたり、石を投げられたりしていたからだ。そういう性質《たち》の悪い人間を知ってからは、その手の連中を避けるようになった。しかしここ都会では、だれを避けるべきかわからない。だから、飢えや渇きに耐えられず、人間に近づいて物を乞う状況に追いつめられるまでは、人間はみな避けていた。

のちにすべてを失うことになったりしなければ、プリンスはここから運に恵まれたといえたかもしれない。一週間、プリンスは通りでごみ漁りをした。ごみ箱をひっくり返し、地面に落ちている物はなんでも食べる。そんなとき、プリンスは自分によくしてくれるカップルに拾われた。ふたりは餌と水をくれたうえに家に置いてくれた。プリンスはキムを思い出すたび、ふたりといっしょにいるのがいやになったが、少なくともここではひどい目にあうことはなかった。ふたりはプリンスが自分たちの家に出入りするのを好きにさせてくれる。そこで、プリンスはふたりの元へもどった。

だからといって、ふたりは完全に信用していい相手ではなかったらしい。キング・ストリートとショー・ストリートの十字路にある病院に、ひと晩プリンスを預けたのは、そのふたりだった。

プリンスの変化はほかのどの犬とも違っていた。あるいは、どの犬よりも独特な形で変化したといえる。変化が起こってからほとんどすぐに、プリンスは言葉について考えはじめた。名前や名前をつけることが、何よりすばらしく感じられ、何より便利だと思った。ひとつのものに、一音かひとかたまりの音を割りふる。ものの特徴を取りだして音にするというのは抽象化するということだ。もちろん、そうした考え方には慣れている。プリンスは早速、ビスケットにおやつという言葉を結びつけてみた。じつは、この結びつけこそが、プリンスが言葉に喜びを見出す核になったのかもしれない。

とはいえ、名前や名づけの考え方に影響したものがなんにせよ、そもそもプリンスは物事をあまりまじめにとるほうではなかった。そういう性分ではない。これまで見てきたとおり、プリンスは新しい言葉でしゃれを初めて考えた犬だが、ジョークやなぞなぞも考えだした。たとえばこれ。

——リス《スクイール》とプラスチックのアヒルが似ているところは?
——噛みつくと、どっちもガー《スクイーク》と鳴く。

あるいはもっと形而上学的なジョーク。

――問題。なぜ猫はいつも猫のにおいがする？

――おい、見ろよ！　リスだ！

プリンスのジョークは、真剣に聞かないとよくわからない部分がある。そもそも、何事でも、初めてのものには気圧されてしまうものだ。これらのジョークも、群れの言葉で初めて考案されたものだったため、仲間の犬に考えこまれたり感心されたりはしたものの、あまり楽しんではもらえなかった。たとえば、最初のリスのジョークは、まず現実＋想像の面白さがある。日常的に関連づけされていないものが並んでいるからだ。次に音の面白さがくる。つまり「リス《スクイール》」という言葉が、発音してみるととても楽しいことがわかるのだ。（この点は群れのすべての犬も同意見。）そこでプリンスがジョークの仕上げに取り入れたのが、パフォーマンスだった。というのもプリンスは、言葉から得た喜びをみんなと分かち合いたかった。それには聞いてもらう必要がある。ところが、ほかの犬はこういう類の言葉を聞くことに慣れていない。そのためプリンスは、しぐさ、口調、話し方のすべてを工夫することで、みんなに最後まで耳を傾けてもらおうとした。

だれから教わったわけでもなかったが、ストーリーテリングという新しい手法を考えだしたのだ。プリンスを慕った犬たちが愛したのがこれだった。

プリンスが嫌われたのも、この新しい手法のせいだった。アッテカスのような犬たちは、プリンスが自分たちの言葉を変な風に使うことを嫌悪しただけでなく、プリンスのせいで起こるさまざまなことに対処できなくなっていた。たとえば、話してパフォーマンスするというプリンスの能力を評価するものが出てくると、新しい格付けが生まれる。それは新しい価値なので、どうやって勝ちとればいいのかだれも思いつかなかった。地位は尊敬される犬に与えられるものだ。だが、その才能が、それまでの犬らしさとあまりに違う場合は？　奇妙な話し方をする犬は、群れにどんな影響を与える？　そいつは危険ではないのか。これらの疑問に簡単に答えられるものはいなかった。そこでけっきょく、アッテカスたちは恐怖に駆りたてられ、プリンスに牙《きば》をむいた。

プリンスが群れを出たときの経験は、ひどく奇妙で戸惑いの連続だった。なにしろ、夢の途中に突然起きたことなのだ。そして家族から離れたときと、ほとんど同じくらい悲惨でもあった。自分を必要としてくれる世界はないとプリンスが思っても、それはしかたがない。しばらく、プリンスは絶望と呼んでいい気持ちに苦しんだ。都会をさまよい、自分と言葉を生かす道を探した。自分は今やその言葉の非公式な守護者なのだ。そして、群れを出て仲間との死別を経験したとはいえ、プリンスはここでもまた「運に恵まれた」といえそうだ。家も、キムも、群れも失ったが、愛するものが少なくともひとつはあったからだ。それは常に自分とともにあるもの。群れの言葉だった。

実際、プリンスにとって群れの言葉は物の見方や性格にまで大きく影響していた。そのため、プリンスの地上での時間の幕引きが近づいたとき、アポロンはこの犬が死に際にどう感じるか、ますますわからなくなってしまった。疫病と詩の神でもあるアポロンは、結果が見えなくなったことに、ヘルメス以上に動揺した。こともあろうに、詩を作るもののせいで自分が賭けに負けるなど、許しがたかったし、弟に命令する権利を勝ちとれるかどうかわからないというのも、面白くなかった。そもそも、譲《ゆず》れないことがひとつある。それはヘルメスに負けることだ。

——なあ、とアポロンはヘルメスにいった。この生き物は群れを出てからの暮らしのほうが長くなった。何年も不幸だったのだ。不幸のうちに死ぬ以外ない。今すぐ賭けを終わりにしないか。よかったら、倍のペナルティは忘れてやる。一年、わたしのいうことをきくだけでいいことにしよう。

——断る、とヘルメスがいった。

——本気か？　わたしがおまえなら、このチャンスに飛びつくぞ。

——そっちこそ本気なら、賭けを三倍にしないか？　三年間なんでもいうことをきくことにしよう。

——まじめに話せよ、とアポロンはいった。おまえは最初から不まじめだった。明らかに前提条件が間違っていたんだ……。

——わたしをいいくるめようっていうのか、とヘルメス。

——馬鹿にするな。わたしはただ、おまえがまじめに考えていなかったと指摘しているだけだ。死の「瞬間」についてこの賭けをしたときにな。もしも人間に、すばらしい人生を送ってひどい死を迎えるのと、みじめな人生を送ってすばらしい死を迎えるのと、選べといったら、どちらを選ぶと思う？　死の「瞬間」など重要ではない。

ヘルメスが皮肉っぽい笑みを浮かべた。

——やっぱり、わたしをいいくるめようとしているじゃないか。今の質問に答えよう。若者は心躍る人生を選ぶ。老人は幸せな死を選ぶ。だが、そんなことは問題ではない。そっちは賭けの条件をのんだのだから。

——たしかに、そこは問題ではない、とアポロン。この犬はほかの犬と同様、みじめに死ぬだろう。わたしはおまえを三年間、ヤギのように使ってやるよ。

しかし、アポロンは頭にきていた。そして、神が怒るとたまにするように、アポロンは命に限りのあるものに八つ当たりした。この場合、プリンスにだった。プリンスにはあと数か月の命しかなかったたし、ゼウスから犬たちの生にこれ以上介入することを禁じられていたというのに、アポロンはプリンスの生にこっそり手を加えた。ひと握りの砂を使って難儀を与えることで、今や十五歳になっていたその犬を苦しめたのだ。

何年もかけて、プリンスは街のほとんどを探検してまわったが、特に中央から南にかけて詳しくなった。けっきょく、ウッドバイン・アヴェニュー、キングストン・ロード、ヴィクトリア・パーク・アヴェニュー、オンタリオ湖に囲まれたトロントの一帯が気に入っていた。多くの家や主人たちのなかで過ごすうち、このザ・ビーチ地区をふるさとと考えるようになった。すっかりなじんだうえに、ここには大好きなお楽しみがいくつかある。たとえばキングストン・ロードからグレン・スチュワート・パークという草木のしげる秘密の場所に入れるのだ。それに、冬の湖岸の感触（砂が固くなる）や夏の湖岸のにおい（金属、魚、人間が体に塗るオイルのにおい）も格別だった。

プリンスは自分のなわばりを安全に通れる道をいくつも知っていた。逃げ道、近道、迂回路。必要ならにおいをたどって、メイン・ストリート近くのキングストン・ストリートからネヴィル・パーク・ブールバードの行き止まりまでも行けたし、キュー・ビーチ・アヴェニューから北東のウィロー・アヴェニューとバルサム・アヴェニューがぶつかる場所までも遠征できた。当然、なじみの通りもできた。たとえば、キングストン・ロード。ゆったり曲がったその道の、魅力的なことといったら！　そこに入ると、いろんな感覚のなかを大きく曲がりながら通っていく感じがした。かいだことのないスパイスの数々、門をくぐると湿気でむっとするグレン・スチュワート・パーク、焼きたてのパン、いろんな家から吐きだされる予想のつかない息、コンクリートのビルの退屈で化学的なにおい、街灯や信号や夜のいろんなイルミネーションのちらちらした光、人間が

――チッ、チッ、チッ、おいで、ワンちゃん！

といいながら何かを探しているみたいに背中の毛をなでる手、思いもよらない香水の甘いにおい。キングストン・ロードはいつもなつかしいようで、よそよそしい感じがした。では、ビーチ・アヴェニューやウィロー・アヴェニューはどうか。このふたつはなじみがない。においや、標識の名前でそこだとわかるが、湖のほうへ行く道というくらいしか知らない。記憶のなかに、かすかに見える程度の道。緑と灰色の長い地面、芝生と歩道、といったくらいあやふやで、よく思い出せない。だが、なわばりに未知の場所があっても、いつかよく知ればいい。大事なのは未知だと把握していることだ。ビーチやウィローは、プリンスが探検せずに残している場所の一部で、ザ・ビーチのすばらしい財産の一部といえた。

ザ・ビーチがもうひとつ重要なのは、普通、犬がリードをつけている場所だということだ。安

心できた。というのも、プリンスもマジヌーンのように応戦の仕方は身につけていたものの、相手を服従させるつもりはなかったからだ。ひとつには、服従させることができたとしても、プリンスが自分の言葉で話せたり、教えることができたりする犬はほとんどいない。たまに嚙みつかれるがままになることもあったが、それも、どうせ言葉を教えたりできないからだ。相手を服従させることができると思っている犬は、その相手のいうことになど耳を貸さないのだから。また、プリンスは年を取るにつれ、攻撃的な相手が苦手になった。なので、プリンスは自分でも変だと思ったが、リードに感謝していた。

また、ザ・ビーチは人間たちがたいていの場合、プリンスを放っておいてくれる場所だった。人間にはほかにすべきことがいろいろあるらしい。たとえば、大きなボールを宙に浮かせつづけるとか、小さな車輪のついた靴に乗って滑るとか、湖に飛びこむとか（尿や魚や多くの汚れた靴下のすばらしいにおいを放つ水のなかに）。プリンスが人間とのあいだでひどくまずい状況に追いこまれるとしたら、それは人間に属する犬が襲ってきて応戦しなければならない場合だ。人間は自分の犬を守るとき、凶暴になる。そのうえ、こっちが犬に嚙みついたりしたら、たいへんなことになるのはわかっていた。だから、まれに人間に攻撃されたら、プリンスは走って逃げることにしていた。自分がよく知っているなわばりじゅうを逃げまわった。

意外でもないだろうが、プリンスが作ったいくつかの詩の傑作は、ザ・ビーチのことをうたっている。たとえば、「湖が縁に打ちよせる」は二〇一一年、死ぬ前の夏に作られた。

湖が縁に打ちよせるのは
岸のぐるりに明かりが灯るころ
どこか近くで牛の肉が焼けている
道の上を煙が流れてくる
ぼくが食べたのは黒からのびる緑
熱い泥からひんやりと立ちあがる緑だ
ぼくは足先をなめて血を味わった
この世界はせわしく嘘が飛びかっている！
弁じたてる悪霊がハエに餌をやっている！

最後の数年で、プリンスはついにザ・ビーチにふたたびふるさとを見出した。だが、ゼウスに逆らったアポロンが残酷にも、そのザ・ビーチをプリンスから取りあげた。

初めに、プリンスは視力を失った。日に焼けた砂が一陣の風に運ばれ、目と耳に入ってから、二日かけて目が見えなくなった。最初は世界に灰色のかすみがかかったかのようだった。かすみは薄かったが、しつこく消えずに、ふんわりしていた。明かりのまわりには光輪がかかっている。白いカーテンが近づいてきて、遠くのものが隠れるように消えた。それからかすみは濃くなり、さらに近づいた。濃霧のようだった。そしてとうとう、すべてが灰色になり、プリンスは何も見えなくなった。光も、光輪も、車も、人間も、建物も。灰色の遮眼帯で目がおおわれたときのような灰色が、ただ灰色になって残った。

目が見えなくなって世界が消えるまでには時間がかかったが、プリンスには、一瞬のうちに消えたと感じられるくらいの衝撃だった。グレン・スチュワート・パークの丘の頂近くにある木製の階段の下にいたとき、プリンスは気がついた。もう何も見えなくなってしまった。ということは今、「自分の家」にしているどの家からも遠いところにいることになる。見えなくなってしまったなら、どうにかしてザ・ビーチの……どこに行こう?

プリンスは、年は取っていても見るからに賢そうだったので、餌をくれたり、なでたり、なかに入れてくれたりする家が数軒あった。そうした家の人間たちは、みな親切で、ランディのような威圧的なやつはひとりもいなかったが、プリンスは特定の家にはいつかないようにしていた。自分のなわばりを探検してまわり、ひとりで詩を作り、好きなように世界と出合う自由を選んでいたのだ。また、ひとところに数日もいると、当然ながら、人間たちの態度にうんざりした。甘ったるい声を出し、体をなでてきて、いっしょになって地面を転がり、恩着せがましくして、こ

っちを異様に下に見て、ひっくり返った声で
――おいで、わんちゃん、おいで、わんちゃん！

――ごろん！　ごろん！

と命じたり、変に抑揚をつけて
――いい子はどこかな？　いい子はどこかな？

と声をかけてくる。

人間がそういうことをするのは、もともとの性質なんだから、と受け入れようとしたが、人間は次にはこっちを見ていなかったりすることがあるので、まともに相手をしていられないと思った。そんなわけで、夏はよく外にいて、その場しのぎのすみかで眠った。茂みでも、ベンチでも、箱でも、どこでもだ。たしかに、冬は屋根のあるところを探さなければならなかった。一か所に数週間ずつ、あちこちに泊まる。だが冬でも人間とは一定の距離を保つようにしていた。しかし、目が見えなくなった今、だれのところに行けばいい？　この先ずっといっしょにいるかもしれないという状況で、だれを相手に選べばいい？

真剣に考えて頭に浮かぶのは、二軒しかなかった。一軒は女がひとりで住んでいる小さな家で、グレン・スチュワート・パークから離れているうえに、大好きな湖からも遠い。湖にはあまり行けなくなるかもしれない。女は親切だった。ほかのどの人間よりも自由にさせてくれる。喜んで

餌をくれるし、放っておいてくれる。なでるのは、こちらがなでてほしそうなときだけ。ただ、女は煙草を吸った。そのにおいときたら、ほかのすべてを消した。それと、女の「感じ」がときどき怖かった。たまに、何かを殺したがっているように感じられるのだ。あそこで死ぬまで暮らすのはいやだ、と思った。残るはネヴィル・パーク・ブールバード沿いの家だ。プリンスのなわばりの端で、湖からさほど遠くない。女ひとりと男三人が暮らしていて、みな親切だ。いや、それ以上だった。だれもプリンスにしつこくしないし、異様に見下すような真似もしなかった。プリンスがいれば、餌を置いてくれた。朝には外に出してくれるし、夜にはなかに入れてくれる。女はプリンスをよく見ていたが、それほど愛情をあらわにしないので、プリンスにも耐えられた。

概して、プリンスが見るかぎり、人間は感情を表に出しすぎるし、感情がわかりやすすぎた。怒っている人間は三ブロック先からでもわかる。うなり声をあげて歯をむきだして飛びかかってこなくてもわかる。感情というのろしをあげていて、近くにいると、手がつけられないこともしょっちゅうだ。もちろん例外もいる。感情が読みづらかったり、不安定だったりする人間もいる。あっという間に気分が変わって、なんの前触れもなく親切が殺意に変化したりするのだ。プリンスはそういう人間に蹴り殺されそうになったことがある。男は公園のベンチでひとり言をいっていた。歌うような声で呼ぶのでそばに寄ると、あばらを激しく蹴られた。幸い、まわりの人間たちが守ってくれたからよかったものの、この事件で、人間はみな（キムをのぞいて）死をもたらす可能性があるのだという考えが強くなった。だから当然、それを前提にして、ネヴィル・パークの家を選んだ。女ひとりと男三人にひどいことをされたことはない。だがいつでも変わる可能性はある。

世界は灰色になったが、まだにおいは生きていた。新しいにおいに古いにおい、目印になるにおいに、強烈で方向感覚を狂わせそうなにおい。林や、木製の階段や橋の梁《はり》は、なじみのあるほっとできるにおいを放っていた。おもに犬の尿のにおいだ。また、知っている植物のにおいで場所を特定できることもあった。（公園のはずれにある）あの草花のある花壇、この野菜のある畑、といった具合だ。小川の水、泥、土ぼこり、小動物、香水、人間の汗と体のにおい。プリンスはにおいをかぎながら、クイーン・ストリートへ向かった。嗅覚は若いころとほとんど変わらず、鋭いままだ。だが本当の障害は、地形ではなく、いつもの危険だろうとプリンスは思っていた。行く手をはばむ人間や、プリンスをかぎつけてやってくる犬だ。ところが、最初の下り階段にたどり着いたとき、そこから踊り場まで転がり落ちてしまった。したたかに頭を打ち、一瞬、どっちがどっちかわからなくなった。

方向のない灰色の空間に落ちてしまうのは、なんと恐ろしいことか。プリンスは思わず甲高い悲鳴のような声をあげていた。そして、ようやくショックから立ち直ると、痛みは我慢できることがわかった。もっとひどいことになっていたかもしれないのだ。階段から落ちたおかげで、よくよく注意しなければいけないと気がついた。グレン・スチュワート・パークは慣れ親しんだ場所だったが、危険な場所でもあったということだ。それからは少しずつ進むようにして、あらゆるにおいをかぎだし、危険に耳をすませ、足先を前に出すたびに用心し、階段が出現したり、遊歩道の方向が変わるところを、先に察知しようとした。

だが、次の階段をおりるとき、また落ちてしまった。今度の痛みは深刻だった。体のなかのどこかが壊れた感じがする。甲高い鳴き声をあげたプリンスは、起きあがろうともがいた。ようやく立ったとき、自分がどっちを向いているのかわからなくなっていた。上るべきか、下りるべきか、前に行くべきか、後ろに行くべきか。運がよかったのは（これを幸運と呼べるならだが）、板敷きの遊歩道を越えて草地に落ちたことだ。そこは園内に流れる小川のそばだった。小川から離れずに進むかぎり、階段の心配をする必要はない。正しい方向に行けば、公園から出る道を見つけられるだろう。

プリンスは何かと内省しがちだったが、たいへんなときでもどこか楽天的なところがあった。すべきことができたので、プリンスは内省をやめた。今は公園を出なければならない。だから目が見えないことは無視して（というか、むしろ受け入れて）、少しずつ少しずつ進んだ。足がおぼつかなかったが、進むのに必死で不安は忘れた。公園の外のグレン・マナー・ドライヴまでの道のりは、それほど難しくなかった。そのあたりの地面は（においも感触も）よく知っていたので、ほとんど考えるまでもない。体が考えて（あるいは思い出して）くれた。なじみの小道を見つけてたどると、公園を出てグレン・マナー・ドライヴまで来られた。今度はその道を進んでクイーン・ストリートへ向かう。歩道をよたよた歩く姿は酔っ払いのようだったが、それでもついに道の最初の交差点にたどり着いた。

道を渡るのは、どんなに条件がいいときでも気が進まなかった。グレン・マナー・ドライヴはそれほど車が多くない（めったに多くならない）。だが車というものはいつだってとても速い。通り道をよけなかった犬に車が何をするか、プリンスは見たことがあった。犬は潰され、そのまま腐っていき、クロウタドリとかウジ虫とか意地汚いやつらでさえ食べない代物になりはてる。だからプリンスは自分を守ってくれる人間といっしょに信号のあるところを渡るほうが好きだった。だが、ここに信号はないし、ひとりぼっちだし、ゆっくり進むことしかできない。プリンスは長いこと歩道のすみに立ち、よくよく耳をすませた。渡らなければならないのはわかっている。においをかいで耳をそばだてながら、道路に踏みだした。ふいに音がして、後ずさりした。車かもしれない。方向がわからなくなりそうだ。それでもなんとかがんばって、反対側まで渡りきった。これでちょっと安全になった気がしてほっとした。と、そのとき、一気に気持ちが舞いあがった。大きな赤い家のにおい。その家が立っている地面のにおいがしたのだ。ときどき餌をくれて、かわいがってくれた家だ。どこかわかった！　プリンスは一瞬、家に行って餌をもらおうかと考えた。だが、そこでぐずぐずする危険は犯したくない。だから進みつづけた。

道のふたつ目の交差点は、さらに危険だった。通りを渡り、そのあとつづけて歩道のないカーブに沿って進まなければならないのだ。風景は頭のなかに見えていた。自分がどこにいるかはわかっている。前方の右側に緑の公園、アイヴァン・フォレスト・ガーデンズのにおいがするし、遠くの湖のにおいもわかる。落ち着くために道の角にすわると、渡る準備をした。そのとき、人間たちが近づいてきたのがわかった。いや、聞こえたのは、人間たちがぐんぐん迫ってくる音だ。集団（とわかる音だった）がものすごい速さでやってくる。やわらかい靴底が歩道を叩く。口からもれる息が集まって風になっている。そしてにおい。汗、ゴム、性器、土ぼこり。すべてのにおいが風に乗って、厄災を知らせる予兆のように運ばれてきた。

何が起こってるんだ？　ここは人間の邪魔になっている？

プリンスはできるだけ目立たないように、しっぽを巻いて身を伏せた。人間たちがやってきた。

——気をつけろ。犬がいるぞ。

だれかがプリンスにぶつかった。

——なんだよ！　邪魔だ、どけ、ワン公！

まただれかがぶつかった。おそらく同じ人間で、しっぽを踏んでから、プリンスをわきに寄せる。プリンスはキャンと鳴いて、体をいよいよ小さくする。それから人間たちが通り過ぎていくのを耳をすませて聞いていた。足が地面を叩く音。土が歩道にすりつけられる音、靴底が鳴る音。プリンスがいきなり走ってくるグループに戸惑うのは前からのことだ。だが今はランナーたちがどこから来るのか、何人いるのかわからないので、警戒するしかない。ふいに、人間たちのひとりが手をのばしてプリンスの頭を軽く叩いた。どこから来たかわからない手に、プリンスは震えあがった。

人間たちの襲来は、来たときと同様、いなくなるのも突然で、急に音が遠ざかった。プリンスの心臓は激しく鳴っていた。体の震えが止まらない。長い時間かかって（パイン・クレッセントとグレン・マナー・ドライヴがぶつかる地点にすわっていて）やっと震えがおさまると、歩きだした。夜になってから進んだほうがいいかもしれない、という考えが浮かんだ。コオロギの鳴き声と、たまに通り過ぎる車の恐ろしい風の音くらいしか聞こえなくなるまで、待ったほうがいいかもしれない。だがプリンスは思いきって前に進んだ。勇気を出して通りに踏みだし、パイン・クレッセントの向こう側へ渡る。それから歩みを止めず、ついにアイヴァン・フォレスト・ガーデンズに入った。そこには小道しかなく、車や大きな通りはない。

アイヴァン・フォレスト・ガーデンズのなかを進むうち、少しのあいだ、プリンスは目が見えないことを忘れていた。なにしろ、どこよりもよく知っているなわばりなのだ。自分の尿のにおいだけをたどって進むことができる。さらに、マーキングしておいた木や杭は目に見えるも同然だった。それでもやはり、ゆっくり歩いていった。体があちこち痛かったせいもある。人間のたてる声や音に耳をすませ、食べ物のかけらがないかにおいを探しながら、自分の尻や性器のにおいをかぎたがる犬には止まってやった。プリンスは弱っていて、攻撃される可能性もあったが、少し前まで抱いていた恐怖は和らいでいた。なじみの犬なら、プリンスが窮地にあることがすぐにわかった。そしてどの犬も同情を示し、顔をなめたり、息のにおいをかいだりしたあと、ある種の敬意を持って接してくれた。

その日、プリンスは園内で過ごし、旅の疲れを癒やした。旅といっても、若かったころ、あるいは目が見えていたころなら、あっという間の道のりだ。夜になると、柳の木のそばで眠った。身を隠しているつもりだったが、まわりにはほとんど何もない。歩いてくるものにも、飛んでくるものにも、しのび足でくるものにも、いや、すべての生き物に見られていた。

早朝、プリンスは震えながら目を覚まし、自分の目がやはり見えないことに気づいて驚いた。見えなくなったことはまだ新しい出来事で、現実とは思えない。プリンスは十五歳になっていた。年老いた体、それに、階段から落ちて負ったばかりの怪我のせいで、立ちあがるのもつらい。歯が鳴ってしまう。世界は朝そのものだった。静かで、ときおり遠くで車の音や、通り過ぎる市電の音がする。新しい一日の生々しいにおいが、露と霧と冷気のなかから感じられた。方角がわからない。前日より恐怖を感じる。だが、湖のにおいをかぎわけることはできた。プリンスは公園をあとにして、湖のほうへ向かった。

頭にあるのはひとつだけ。女ひとりと男三人の家だ。たまたま、ここからの旅はいい条件が重なった。あたりに人気《ひとけ》がほとんどなかった。人はまばらで、車もあまり通らない。プリンスは用心深くクイーン・ストリートを渡った。一歩ずつ車や市電に耳をすませ、ときには狂犬病にかかったみたいにつんのめりながら。その先も、さらに通りを渡り、さらに車に耳をすませることになったが、南に行くにつれ、湖の気配が強くなって、通りのはずれまでそれを頼りに進んだ。道が終わったとたん、プリンスは転げるように板敷きの遊歩道に出た。

どんなにつらいときでも、湖はプリンスを元気づけてくれる。今朝、いくらか落ちこんでいたプリンスは、足を止めて湖のにおいをかいでみた。鼻をなめ、湖の方向を探して、鼻を前に後ろに動かしてみる。それから遊歩道を注意深く歩きだした。ネヴィル・パーク・ブールバードの入り口を目指す。その道を歩いていけば、プリンスの終のすみかになる場所に着くはずだ。

ネヴィル・パークでの最初の数週間は、目が見えないわりに、幸せといえなくはなかった。恐ろしい道のりをなんとか無事に乗り越え、生き残れたことが、励みと高揚感となって、その数週間のプリンスの生きる力につながった。このとき、プリンスは、痛い目にあわずに人間の家と折り合っていくことを学んだ。

この主人たちを選んだのは正解だった。一家は、プリンスが目が見えないとわかったあとも家に置いてくれた。特に女が親切だった。時間になると食べ物を置いてくれるし、プリンスがなんとか歩けるくらいの短い散歩に連れていってくれる。グレン・スチュワート・パークで負った怪我の痛みから、プリンスは足を引きずっていた。ひとところに落ち着こうと決めたことで、悪化が加速したらしい。

プリンスは、自分のなわばりと、ひとりの自由が恋しかった。最初の数週間は、ひとりで出かけられないことをときどき忘れ、なんとか扉まで行こうとして、椅子や電化製品や人間にぶつかった。だが、代わりに得たものもあった。もう目が見えるようにはならない、という考えを受け入れてから、プリンスは記憶に頼るようになり、そうすることで、記憶力が上がった（少なくとも、記憶が鮮明になった）のだ。おかげでそのうち、実物そっくりのザ・ビーチの全体図を頭のなかに描けるようになった。

死は、足でさわれるくらい近づいていたが、不安にはならなかった。もちろん、死については考えている。自分の元へはいつ訪れるのだろうと思っていた。能力が次第に失われていくことはつらく、できていたのにできなくなったことがなつかしかった。たとえば、知り合いではない犬の息をかぐこと。何かすばらしい出来事があって、ただただうれしくて、ほかにどうしようもなくて走ること。砂に半分埋もれた食べ物のかけらを掘りだすこと。新しく見つけた棒きれを噛むことだ。そんななかで、何よりも興味の対象になったのが、近づいてきた死だった。プリンスの感動的な詩のなかでも、終わりの日々に作った数々はプリンスの気持ちを映している。

「やってくる彼の名は」は最後に作った詩で、目が見えなくなってからの作品の特徴がよく出ている。

やってくる彼の名は、
目《まなこ》を閉じ、指をよごし
夜が明けカシオペアが去ったとき
幕を引く者の名は、何という
「タナトス」か、ただの「死」か
わかるのはいつだろう

プリンスにとって詩は、死ぬ前の数か月間、激しい後悔にさいなまれる間接的な原因になった。体力が衰えるにつれ、いやおうなく現実に直面することになった。それは自分の死とともに自分の詩や言葉が地上から消えてしまう、ということだ。目が見えなくなることで、世界が自分の元を去ってしまったように、この言葉も世界から去ってしまう。この言葉を話す犬がすべて死んだとき、言葉は消え去ってしまうのだ。

これほど必要なものが、これほどきれいに世界からなくなるなんて！

なんとか救う手立てはないか。消えずにすむ方法はないか。プリンスはそれを考えるうちに、人間の言葉に対する自分の態度を後悔しはじめた。自分の言葉が影響されないよう、知らない言葉は避けてきた。だが、もしもほかの言葉を学んでいたら、自分の言葉を伝えられていたかもしれないのだ。自分の言葉を純粋なままに保とうとしたのは、わがままでしかなかった。自分とともに消えてしまうくらいなら、ほかの言葉に影響されたほうがましだ。

こう考えたプリンスは心底後悔したのだが、絶望はしなかった。今の家にたどり着くまでに自分を支えた忍耐を思い出し、失明を実際に乗り越えたという事実からインスピレーションを得た。体は弱りきっているが、まだ遅くはないかもしれない。自分はここの人間たちに詩を手渡す運命なのかもしれない。そんなわけで、プリンスは自分の言葉を残すという切実な努力から、女に詩を語りだした。女がそばにいると感じたり、声がしたりすると、詩を暗唱した。

——グルルイイ・アルルル・イルル・オ・ウ・アイ。

グルイイ・ユルル・イ・オウ・イエン・グリ・ヨオオ・アヤイルル……。

当然、女はプリンスの発した音を、弱った老犬のうなり声ととった。そしてプリンスがしゃべるたびに、なでたり、抱きしめたり、耳の後ろをかいてやったりした。プリンスはそうされると気が紛れたが、それでも辛抱強く同じ詩を何度も繰り返し、女がそれを口にするのを待った。

プリンスが詩を繰り返せば繰り返すほど、女はプリンスをなだめようとした。プリンスの詩は何か不満を訴えているように聞こえていた。たいていの詩人と同じで、プリンスも詩の語り方は風変わりだったのだ。女と向かい合うようにすわる。それから、できるだけ静かにそのままでいて、やがて最初の一行を暗唱する。間を空けてから、さらに二行目。そんな感じで続けた。女には奇妙に映っていた。詩人以外の人間ならだれもが奇妙に感じただろう。

——大丈夫、エルヴィス？

女にそうきかれたが、プリンスは女が何をいいたいのかわからず、ただ暗唱を続けた。続けた結果、女は思った。エルヴィスは不満を訴えているわけでも、物が喉につかえているわけでもない。とにかく何かをしているのだ、と。そしてついに一週間後、女は犬のうなり声にパターンがあることに気がついた。

——エルヴィスはうなってるんじゃないみたい、と息子のひとりに女はいった。歌ってるか何かしてるのよ。

だが、息子はまったく認めなかった。

——母さん、あいつは年のせいで、ぼけてるだけさ。

――そうかもしれないわねえ。

だが、女は納得しなかった。そしてある日、遊び半分に、プリンスに向かってうなり声を繰り返してみた。とたんにプリンスが口は閉じ、喜びをこめて吠えた。それから女が繰り返してくれた部分を自分も繰り返した。するとまた、女が詩の数行を（下手だったし、アクセントも奇妙ではあったが……）繰り返した。

――グルルエエ・アルルルル・エルルル・オー・ウー・アイ。

グルエエ・ユルル・イー・オウ・イエン・グリ・ヨオオ・アヤイルル……。

これが突破口だった。プリンスは心から感謝した。巨大な壁を乗り越えたように感じたのだ。

ところが、常に執念深いアポロンは、プリンスから手を引かなかった。女の口から語られた自分の詩が、この世でプリンスの聞いた最後の音になった。次の瞬間、プリンスはまったく耳が聞こえなくなった。自分の声さえわからない。声を出しても、そのときに体が作りだす振動が感じられるだけ。もうどうしようもなかった。世界と、プリンスから見た世界のすべてが、一瞬のうちに奪いさられてしまった。

プリンスは希望を失わなかったが、希望がプリンスを見捨てた。今や、どこまでも続く灰色の静寂のなかにひとりぼっちでいて、嗅覚とバランス感覚だけが鋭い感覚として残っていた。ときどき、プリンスは男のひとりに抱きあげられ、どこかに置かれた。それが何よりの心配事になった。なんの前触れもなく、だれかの手の内に、腕のなかに、いることになるのだ。においでだれかわかるのが救いではあったが、たいした救いではなかった。疲れているし、年をとっているし、耳が聞こえず、目も見えない。プリンスはそのときが来たのだとわかった。せいいっぱい威厳を持って、運命を迎えることにした。

食べるのも飲むのもほぼやめた。自分のなかの奥深くにこもり、なるべく早く死のうと待った。ある朝、女に抱きあげられた。女の感情が感じられる。どこかに行くようだったが、プリンスはすっかり弱っていたために、気に留めなかった。外に出ると、鼻先に風が当たる。湖が来てくれた。長いあいだ忘れていた夢のように、湖が現れた。プリンスの心は慰められた。そのあと、車でどこかに向かった。車に揺られていると、キムのことを思い出す。それもまた慰めになった。プリンスは抗うことなく慰めに浸った。動物病院のにおいがしても、気持ちはほとんど変わらない。石鹸のにおい、薬品のにおい、ほかの動物のにおい。これで終わりだということがプリンスにはわかった。

死ぬ直前のプリンスを見て、ある者はこういうだろう。アポロンは賭けに勝った、どの犬も不幸に死んでいった、人間と同じくらい、あるいはそれ以上不幸に死んだ、と。プリンスは疲れて抵抗することもできず、金属の診察台に静かに横たわった。自分の言葉が失われることが残念でならない。だが、まわりの人間たちがプリンスに死を与えるための作業に入ったとき、最後の日々で作った詩のひとつがよみがえった。だれかが暗唱しているかのように、その声が頭に響いていた。まるで自分の詩ではないかのようだ。そのとき、あらためて感動した。この新しい犬の言葉はなんて美しいんだろう。自分が群れの最後なら、この言葉を知っているものはいなくなる。たしかにそれは悲しい。しかし、自分のようなごく普通の犬が、これほど深くこの言葉を知ることができた。なんてすばらしいことだろう。この言葉の深いところまですべて探索できたわけではない。でも、深みをのぞくことはできた。ふいにプリンスの頭に、ある考えが浮かんだ。自分は大いなる能力を授けられていたんだ。それだけじゃない。この贈り物はなくなることがない。どこかの、何かほかの生き物のなかで、この美しい言葉は、可能性として生きつづける。おそらく、種《たね》として。種はふたたび花を咲かせるだろう。プリンスには確信があった。すばらしい確信だった。

こうして、プリンスの魂の旅立ちは、あらゆる予想を裏切った。

そう、死が訪れた最後の瞬間、プリンスは幸せだった。

プリンスの体が骸《むくろ》になったとき、アポロンとヘルメスはふたたびレストランバー〈ウィート・シーフ・タヴァーン〉にいた。

その犬について話していたアポロンがいった。

――わかった、認めるよ。あの生き物は死んだとき幸せだった。今回の件はとても学ぶことが多かったな。

――いやいや、とヘルメス。二年間の奉仕、こちらのほうが学ぶことが多いと思う。

――おい、おまえはわたしに十年の借りがあることを忘れていないだろうな。それから少し引いておいてやる。

――途中で運が変わったおかげだ、とヘルメス。変わったのを感じるよ。

――運がよかったというのは、そのとおりだな、とアポロン。

それからアポロンは大げさに、この賭けは不公平だったと文句をいった。だが、本気ではなかった。そう、アポロンはうんざりしていた。詩の神である自分が庇護すべきものに残酷なことをしてしまったのだ。まさか、詩をつくる犬が、賭けで弟に負ける原因になろうとは。だが、本当のところ、死ぬときに幸せか不幸せかは、純粋に運次第だ。もちろん、だからこそ、自分とヘルメスはそもそも賭けをした。

バーテンダー（信心深い若い女）が近づいてきて、神々をまともに見られず、頭をさげながらたずねた。

――何かお持ちしましょうか。なんなりと。喜んでお持ちします。

――このラバット〔カナダのビールのブランド〕がいい。おかわりを。

――そんなのがいいのか？　とヘルメス。せっかくの水の無駄遣いだ。

――遊びのわからないやつだなあ。

そしてふたりは声をあげて笑った。バーテンダーがラバット・ブルーを取りにいった。

――知性を猫に与えていたら、また違ったんだろうな、とアポロンがいった。

――まったく同じだったと思う、とヘルメス。われわれは、人間《ベリシテ》に犬の知性と器を与えるべきだったんだ。

――この件はもううんざりだ、とアポロン。ほかの話をしよう。

そこで話題は少しのあいだ、オリンポスに関わることになったが、やがてアポロンがいった。

――あの生き物たちのうちの一匹に、われわれの言葉を与えたら、どうなっただろう？

――われわれの言葉？　沈黙に無数の種類があることを覚えられる生き物はいない。

――教えるとはいっていない。与える、といったんだ。

――ここに長居しすぎだ、とヘルメス。そろそろ帰ろう。ヘパイストスはわたしの側に賭けて勝ったらしいから、いくらかおごってもらわないと。

――じゃ、先に帰れ、とアポロン。わたしはもう少しいる。

空がうっすら赤く染まるころ、ヘルメスはウィート・シーフを出た。一台の車が信号で停まった。キング・ストリートとバサースト・ストリートの交差点でアイドリングしているその車からは、音楽がすさまじい音で流れ、車体を震わせている。なかでは運転手が微動だにせず、ただ右手の人差し指だけがビートに合わせてハンドルを叩いていた。

本当のところ、あの生き物たちについて何かいえることなどあるのだろうか。運転席にいる男にくらべたら、ヘルメスは限りなく多くのことを知っていた。男が自分自身について知っている以上に、男のことを知っている。男が接触したことのある個々の人間、虫、動物についても、男より知っている。また、そのような知識などくらべものにならない、人間にははかり知れない力も持っている。望めば、男の車どころか、車が停まっているブロックごと破壊することもできる。望めば、男の指の一本をへし折ることも、男の眉毛を一本だけ抜くこともできる。男の望みはなんでもかなえられるし、男からすべてを奪うこともできる。車の男が「人間性」や「尊厳」や人がうらやむすばらいものを備えた人間だとしても、男は神の存在を示す、取るに足りない印でしかない。

しかし、神とそれ以外を決定的に分けるものがある。それは、神の力と知識と巧妙さをもってしても、どうしようもないもの、つまり死だ。片方に神がいて、片方に死すべきものがいる。死とともに生きるのがどんなことなのかヘルメスにわからないのと同様、永遠に生きつづけることがどんなことなのか、死すべきものたちにはわからない。ヘルメスはこの違いに魅了されて、何度も地上を訪れた。この違いこそが、彼らに対する神々の密かな愛の中心にあるものなのだ。死は生きている細胞ひとつひとつのなかに存在する。言語のなかにも、文化の根幹にも潜んでいる。それは音のなかにも聞こえるし、動きのなかにも見える。喜びを曇らせ、絶望を浮かびあがらせる。ヘルメスは死に憧れるがゆえに、地上とその生きるものたちすべてにひかれた。そしてときには、そのものたちに深く豊かな価値があるように感じる。その人間の言葉や理解を超えた価値を感じるからこそ、ヘルメスは——いや、すべての神々は——死すべきものたちを滅ぼしたりしないのだ。

力があれば、愛もある。

信号が変わった。車が走り去り、ヘルメスは一瞬のうちに街の上空にいた。南には、薄紫色の湖がある。その上の雲はふわふわしていて白い。ヘルメスはプリンスのことを考えはじめた。なんとも奇妙なことに、あれほど洞察力のある生き物でも、言葉が死ねばその言葉で作った詩も死んでしまうなどと思ってしまう。神々にとって、すべての真の詩は永遠に現在に存在しつづける。そのため、その言葉は永遠に新しいまま、死ぬことはないのだ。プリンスの詩は、一度口から発せられたことによって、永遠に生きつづけるだろう。プリンスのことを思うと、ヘルメスは心が躍った。そして寛大な心から、翻訳の神ヘルメスはプリンスの芸術的才能と、計らずも行った芸術活動に報いた。

この世からほぼ完全に離れていたプリンスの魂に、短いあいだ意識がもどった。プリンスは緑と黄土の草原にいた。ロルストンのにおいがする。プリンスはふたたび若くなっていた。感覚がとぎすまされてはっきりしていると、なんてわくわくするんだろう。夏の夕方近く、時刻は四時ごろだろうか。太陽がちょうど暗闇に場所をゆずりはじめたところだ。遠くにはカンポア・クレセント沿いの家々の裏庭が見える。ホリネズミの足跡、尿、松脂、土ぼこり、ラム肉を焼くにおいがする。それは、その場所を知っている神が送ったにおいだった。

ふいに、大好きな声がした。

——こっちだよ、プリンス！　こっちだよ！

キムだ。プリンスがどんなときも心の奥にしまっていた、たったひとりの人間の名前。遠くにキムが見える。ほかのだれでもない、間違えるはずのないシルエット。プリンスの魂は喜びにあふれた。いつものように、キムの元へかけていく。思いきり、草の上をはずんでいく。いつもと違うところもあった。今はキムの声のすべてのニュアンスがわかる。キムのすべてを理解できる。

地上での最後の瞬間、プリンスは愛し、愛されることを知った。

付記

本書『十五匹の犬』に出てくる詩はウリポ〔文学グループOULIPO。正式名称はOuvroir de littérature potentielle。直訳すると「潜在的文学を開く人々」〕のフランソワ・カラデックによって考案された手法で書かれています。人間と動物の両方に意味のある詩を書くことは可能か、という疑問から、ウリポの創設者フランソワ・ル・リヨネのあとに作られた手法です。『十五匹の犬』に出てくる詩は、いずれもカラデックのいう「犬のための詩」です。どの詩にも犬の名前が音で入っていて、一見名前とはわからないかもしれませんが、詩を声に出して読むと、聞いている人や犬に名前が聞こえるのです。ここでハリー・マシューズによる詩を例に挙げましょう。この詩はエリザベス・バレット・ブラウニングの犬、フラッシュのために書かれたものです。

My Mistress never slights me
  When taking outdoor tea
    She brings sweets cake
    For her sweet sake
Rough, luscious bones for me.

わたしのことを主人は大事にしてくれる
おやつを外に持っていくときだって
やさしい自分には
やさしいお味のケーキ
わたしには硬くておいしい《ラフ・ラシャス》骨

マシューの詩では「ラフ」と「ラシャス」という言葉のなかに「フラッシュ」という言葉が聞こえます。同じように、『十五匹の犬』に出てくる詩には、それぞれ犬の名前がひとつずつ入っています。

「プリンス」という名前が入っている詩はキム・モルトマン〔カナダの詩人。物理学者〕が書きました。

同様にキムとはほかのふたつの詩（「ロナルジーノ」と「リデア」）でもコラボし、「犬のための詩」十五作すべての監修もしてもらいました。

ハイパークのわきでマジヌーンが聞いた歌（192ページ）はルー・ボーソン〔ルース・エリザベス・ボーソン。カナダの詩人〕の詩を元にしています。

プリンスの難解な「なぞなぞ」はアレックス・パグスリー〔カナダの作家。映像作家〕から助言を得ました。

訳者あとがき

カナダはトロントのレストランバー〈ウィートト・シーフ・タヴァーン〉で、ギリシア神話の神アポロンとヘルメスがビールを飲みながら、他愛もない話に興じている。話の流れから、ふたりは動物が人間の知性を持ったら幸せになるか不幸になるかで、賭けをすることにした。何匹か動物を選び、そのうちの一匹でも死ぬときに幸せだったら、ヘルメスの勝ち。不幸だったら、アポロンの勝ちだ。

ふたりは、近くの動物病院にたまたま預けられていた十五匹の犬を賭けの対象に選ぶ。十五匹はとつぜん、人間の知性を与えられ、変化しはじめる。

たとえば、それまで思いもしなかったことが、疑問になったり、恥ずかしくなったり、苦痛になったりしてくる。

たとえば、人間が使うような言葉を使えるようになる。すると、物に名前をつけることを思いついたり、なかにはジョークを飛ばしたり詩を作ったりするものまで現れる。

この、人間が赤ん坊から大人に成長していくところを早回しで見ているような変化は、作品の読みどころのひとつだろう。

しかし一方で、犬の本能もそのまま残っていて、それと人間の知性がせめぎあう様子は、それぞれの犬によって違う。

体の大きさも生い立ちも性格もばらばらの十五匹は、当然ながら変化の受け入れ方も違う。従来の犬らしさを求めるものもいれば、新しく獲得した知性を利用したいものもいる。また、知性を持った犬は群れをつくって行動するようになるのだが、犬にとって大切な格付けの問題は、変化への対応と相まって、生死をかけた戦いに発展していく。そこにいくつものドラマが展開する。特に、リーダー格で犬らしさを求めながらも「思考」が嫌いではないアッテカス、思慮深く、ある人物との出会いによって運命が大きく変わるマジヌーン、最初の主人を慕いながらも、変化を最も受け入れた気のいいプリンスは、物語を動かしていく立役者だ。

作者は犬が知性を持つことになった悲劇を残酷に、冷徹に描いていき、先に進むにつれて希望は輝きを失っていく。途中からはギリシアの神アポロンとヘルメスまでが犬たちに干渉するようになる。いや、ふたりの父親ゼウスや運命の三女神までが登場してくる。それぞれがどんな考えに基づいて、どんな判断を下すのか、それが犬の運命にどんな影響を与え、作品の流れをどう変えていくのか、それこそ、最後の最後までわからない。そして作者は最後の最後まで読者を有無を言わせず引きずっていく。そう長くはない作品だが、読後感は分厚い長編小説にも負けない。

ところで、この物語に欠かせない要素に詩がある。犬が作った詩として十五の詩が登場し、あるときは物語を動かし、あるときはいい意味での息抜きの役割を果たしている。作者はその詩をウリポの「犬のための詩」を手本にして作った。これについては、あとがきの前にある付記を参照していただきたい。本書の十五の詩にはそれぞれ、物語に登場する犬の名前（音）がひとつずつ入っている。詩を声に出して読むと犬の名前が聞こえ、人はもちろん、それを耳にした犬も楽しめるというユニークな仕掛けだ。なお、詩が登場するシーンに詩に盛り込まれた犬が出てくるとはかぎらず、犬の名前が登場する順番に規則性はない。この詩の犬の名前に関しては、どの犬が詩に盛り込まれているかは音だけが頼りの、物語からは少し離れた、ある種の遊びになっている。

訳では、ルビを使って再現できるものはそのようにし、それ以外は日本語になじませるようにした。

さて、本作は Quincunx（五点形）シリーズの二作目に当たる。このシリーズについて少し説明しておこう。雑誌 *Quill & Quire* の二〇一五年三月二六日付けのインタビュー記事によると、このシリーズは、イタリアの映画監督ピエル・パオロ・パゾリーニによる一九六八年の映画『テオレマ』が大きく関わっているという。裕福な家庭に、あるとき謎の男が現れて、一家は狂気と絶望と恵みと奇跡に導かれていく……というこの映画に魅了された作者は、小説にしてみたいと考え、何年もの試行錯誤の末、このシリーズの構想に行き着いた。映画の核である謎の男の来訪を五つに分けて語り、パストラル（理想的な田舎を舞台にした物語）、寓話（動物による道徳物語）、（『宝島』のような）探検物語、（『雨月物語』のような）幽霊話、ハーレクインロマンスのような小説にしたいと考えた。

さらに作者はその五作品を前述の順に一―五巻とし、各巻にひとつずつ信仰、場所、愛、権力、憎しみというテーマを与えることにした。二〇一四年から刊行が始まり、現在、四作品が出版されている。作者が執筆を保留にしていた愛がテーマの第三巻は、これからの刊行予定だ。シリーズ作品はいずれも舞台はオンタリオ州南部で、特に本作はトロントが舞台になっている。この『十五匹の犬』は作者が目指したとおり、（一風変わった）寓話になり、シリーズ中でも特に高い評価を受けて、スコシアバンク・ギラー賞とロジャーズ・ライターズ・トラスト・フィクション賞を受賞した。

場所がテーマの本書には、実在の通りが数多く登場する。この通りの名前は、地元トロントで独特の発音になって定着しているものが少なくない。WEBで検索してみると、トロントの通りの名前の発音をとりあげたサイトや動画にいくつも行き当たる。通りのひとつを例にあげると、Roncesvallesは「ロンセズヴァルズ」や「ロンセズヴォルズ」と発音しそうだが、「ロンセズヴェイル」で通っているという。なお、本書では、通りの名前は作者の発音に準じた。というのも、『十五匹の犬』の原書*Fifteen Dogs*は音声で物語を聴けるオーディオブックも出ていて、作者自身が朗読しているため、発音を確認できるのだ。(ちなみに、作者の発音はロンセズヴェイルズだった。)このオーディオブックでは、当然ながら、物語に出てくる犬語も作者が読んでいる。いかにも犬らしく発音していて興味深いので、機会があればぜひ聴いてみてほしい。

作者についてもご紹介したい。

アンドレ・アレクシスは一九五七年、カリブ海の島国、トリニダード・トバゴ共和国で生まれた。幼いころ、両親が新天地を求めてカナダに移ったため、妹とふたり、トリニダード島の親戚にばらばらに預けられて育った。そのときの両親の不在は深い心の傷になったという。その後、四歳になる前に両親のいるカナダに妹とともに移住した。オンタリオ州に一時期いたこともあるが、オタワ州で育ったといっていい。三十歳のときにトロントに移り、現在にいたる。当初は、すぐに故郷のオタワにもどろうと考えていたが、気がつくと、トロントのほうが故郷のように感じるようになり、よそで暮らすことなど想像できなくなっていた。と同時に、作者にとって故郷とは「生涯探求しつづけるもののひとつ」であり「子どものころに失ったために、ふたたび見つけるのは非常に難しい」ものになっている（Caribbean Beat 二〇一八年三月／四月号「Issue 150」より）。

座付きの脚本家としてキャリアをスタートさせた作者はのちに小説を書きはじめ、作品執筆に専念するようになる。最初の小説 *Childhood* でも故郷というテーマが根底にあり、このテーマは以降の作品にも繰り返し登場している。作者は哲学的なテーマの作品を書く作家として認知されるようになり、多くの作品が内外で評価されている。

最後に、お世話になった編集者の津田啓行さん、原文とのつきあわせをしてくださった大谷真弓さん、「私もフランス語とドイツ語からの翻訳をしたことがあるので気持ちはとてもわかりますよ」という温かい言葉とともに質問に答えてくださった作者のアンドレ・アレクシスさんに心から感謝を！

二〇二〇年十月

金原瑞人　田中亜希子

[著者について]

アンドレ・アレクシス

トリニダード・トバゴ共和国で生まれ、カナダで育つ。デビュー作*Childhood*がカナダ・ファースト・ブック賞とトリリアム・ブック賞の最優秀賞を獲得、ギラー賞とライターズ・トラスト・フィクション賞ではショートリストにノミネートされ、一躍注目される。その後も多数の作品が賞にノミネートされ、本書が二〇一五年、スコシアバンク・ギラー賞とロジャー・ライターズ・トラスト・フィクション賞を受賞したことにより、国外でも名を知られるようになる。現在、トロント在住。

[訳者について]

金原瑞人（かねはらみずひと）

翻訳家。法政大学教授。主な訳書にモーム『月と六ペンス』、ゲイマン『墓地の少年　ノーボディ・オーエンズの奇妙な生活』、ヴォネガット『国のない男』、クロッサン『わたしの全てのわたしたち』（共訳）、グリーン『さよならを待つふたりのために』（共訳）、シアラー『青空のむこう』など。

田中亜希子（たなかあきこ）

翻訳家。読み聞かせの活動もしている。主な訳書にサリヴァン『目覚めの森の美女』、ヴァレンタイン『迷子のアリたち』、ヒル『僕らの事情。』、マケイン「ひみつの妖精ハウス」シリーズ、ハリソン「ネコ魔女見習いミルク」シリーズ、絵本『コッケモーモー！』など。

はじめて出逢う世界のおはなし
十五匹の犬

2020年11月27日　第1刷発行

著者
アンドレ・アレクシス

訳者
金原瑞人／田中亜希子

発行者
田邊紀美恵

発行所
有限会社東宣出版
東京都千代田区神田神保町2－44　郵便番号 101－0051
電話（03）3263－0997

印刷所
株式会社エーヴィスシステムズ

乱丁・落丁本は、小社までご送付ください。
送料小社負担にてお取り替えいたします。

ISBN978－4－88588－102－2　C0097

ダンフォース・アヴェニュー
グレン・スチュワート・パーク
キングストン・ロード
ビーチ・アヴェニュー
ネヴィル・パーク・ブールバード
パイン・クレッセント
アイヴァン・フォレスト・ガーデンズ
プリンスの終のすみか
クイーン・ストリート
市電

ザ・ビーチとその周辺